옆에 없다

Point de Côté

Point de Côté by Anne Percin ⓒ Editions Thierry Magnier, 2006

No part of this book may be used or reproduced in any manner whatever without written permission except in the case of brief quotations embodied in critical articles or reviews.

Korean Translation Copyright ⓒ 2008 by Chungeoram M&B
Korean edition is published by arrangement with Editions Thierry Magnier through BookCosmos Agency, Seoul Korea.

이 책의 한국어 판 저작권은 북코스모스 에이전시를 통한 저작권자와의 독점 계약으로 청어람 M&B에 있습니다.
신저작권법에 의해 한국 내에서 보호를 받는 저작물이므로 무단전재와 복제를 금합니다.

이 도서의 국립중앙도서관 출판시도서목록(CIP)은 e-CIP 홈페이지(http://www.nl.go.kr/ecip)에서 이용하실 수 있습니다. (CIP제어번호: CIP2009001848)

옆에 없다

안느 페르셍 글 ★ 김동찬 옮김

차례

 7

 65

 119

에필로그 153

청소년기란 우리가 무엇인가 익힐 수 있는 유일한 시기이다.

프루스트, 〈꽃의 소녀들의 그늘에서〉

1999년 7월 26일 월요일

내가 누구인지 밝히는 것으로 시작하도록 할까. 수배 전단처럼 간략하고 건조하게. 내 이름부터 말해야겠다. 대체적인 분위기를 파악할 수 있도록. 시작이 너무 시시하다고 비웃지 않았으면 좋겠다. 금방 끝날 테니까.

내 이름은 파리끈끈이와 비슷하다. 나는 파리가 끈끈이에 들러붙은 것처럼 이름에 들러붙었다. 벗어날 수가 없다. 끈끈이에 붙어서 몸부림치는 파리가 그렇듯.

내 이름은 '피에르', 평범하다. 하지만 조상 탓에 내 이름은 상징 따위를 얻게 되었다. 그래 봤자 썰렁한 말장난일 뿐이지만. 들어 보시라. 내 이름은 피에르*, 슬픔이 느껴지지 않는가? 차갑고 단단하게 침묵을 지키는 묘비처럼 말이다. 성까지 붙여 부르면 가관이다. 내 성은 무롱*, 이 정도면 흥미를 좀 끌 수 있으리라. 이렇게 무겁고 음산한 이름이 있을까.

칠 년 전에는 그렇지 않았다. 그때는 이렇게 말했다. "우리는 쌍둥이에요. 우리는 아직 어리죠. 머리털은 갈색 고수머리에요. 피부는 검죠. 우리 눈은 푸른빛이 도는 회색이랍니다. '광물백

---

*피에르(Pierre)는 돌(石)이라는 뜻. 우리 이름으로 고치면 '석이'쯤 되고, 우리나라의 철수라는 이름처럼 프랑스에서는 매우 흔한 이름이다.

*무롱(Mouron)은 '죽다, 세상을 떠나다'는 동사와 발음이 같다. 좀 더 정확하게 말하면 mourrir(죽다)의 1인칭 복수 '(우리는) 죽는다'와 발음이 완전히 일치한다.

과'에 나오는 자수정 빛이에요. 우리 눈은 보석처럼 빛나요."

칠 년 전부터 '우리'가 아니라 '나'라고 말해야 했다. 그때부터 내 눈빛은 오줌 묻은 공사장 자갈처럼 변했다. 흔해 빠진 돌멩이가 된 것이다.

사회보장국에 서류를 제출할 일이 있었는데, 거기에 이런 항목이 있었다. '쌍둥이일 경우 출생순서를 기입하시오.' 엄마는 정성껏 이렇게 적었다.

'2'

나는 2번이다.

에릭이 1번이었다. 그는 1992년 8월 1일 떠났다. 우리 곁에서 완전히 사라졌다.

나는 에릭이 '저 하늘'에 있다고 생각하지 않는다. 사람들은 하늘을 바라보며 돌아가신 부모나 친구의 이름을 부르고, 나에게도 그렇게 하라고 한다. 하지만 에릭은 하늘에도 땅에도 없다. 그 어디에도 없다. 분명한 일이다.

이때부터 집에서는 '에릭이 보고 싶다'는 말을 할 수 없었다. 식구들은 꿈에도 에릭을 그리워했지만, 내색할 수 없었다. 그래서 나의 존재는 '우리'의 빈자리까지 팽창해야 했고, 결국 존재의 과잉 상태에 이른 것이다.

흥미를 끌고자 하는 얘기가 아니다. 에릭이 떠났기 때문에 나는 홀로 남겨졌다. 그래서…… 나도 죽을 작정이다. 2002년 8월 1일에.

날짜는 오래전에 정했다. 이것은 자살이 아니라 복수다. 이 계획을 오랫동안 마음에 품어 왔지만 누구에게도 털어놓지 않았다.

아주 잘 알고 있으니까.

사람들은 멋대로 판단하려 들 것이다. 그들이 어떤 논리로 어떻게 설득하려 할 것인지 다 알고 있다. 그래서 누구에게도 어떤 것도 말하지 않았다. 그들의 의도는 나도 잘 이해하고 있다. '청소년기란 좋은 시절이지, 모든 것이 우리에게 주어져 있잖아' 어쩌고 저쩌고…….

나도 그렇게 긍정적으로 살고 싶다. 하지만 나는 아프다. 나는 언제나 아팠다. 관심을 끌자는 슬픔이 아니다.

일곱 살 때부터였다. 아침에 눈을 뜨면 나의 하루는 악몽처럼 열렸다. 매일 똑같은 악몽을 꾸는 어떤 이가 침상을 보며 치를 떠는 것처럼, 매일 아침 눈을 뜨는 것이 두려웠다. 예를 들면 도살당할 날을 받아 둔 닭과 같은 것이다.

농부가 큰 칼로 닭의 머리를 내려친다. 머리는 바구니 안으로 떨어진다. 머리 잃은 몸통은 몸부림친다. 농부는 몸통을 놓친다. 몸통은 마당으로 도망간다. 농부는 몸통을 쫓아 마당을 누비고, 머리는 바구니 속에서 쫓기는 자기 몸통과 쫓는 농부를 본다. 머리 없는 닭의 몸통이 농부의 손에 붙들리고 도마 위에서 조각난다. 머리는 이 모든 것을 본다.

안녕하신지 공포여! 두려움이여! 나는 마당으로 도망친 닭의 몸통이다. 난 무작정 달리는 다리이며, 머리를 잃어버렸으나 아직 완전히 죽지 않은 몸통이다. 하지만 어디로 가려는 걸까? 그렇게 머리 없는 닭이 마당을 달리듯이, 기계적으로 아침에 일어나고, 저녁에 잠자리에 들게 된 것이 일곱 살 때부터였다. 잘 길든 프랑켄슈타인이라고 할까…… 나는 이유 없이 살고 있었다.

사람이 죽으면 하늘나라로 간다는 말은 그럴 듯도 하다. 하지만 나는 천국이나 지옥 따위는 관심 없다. 나는 정답을 찾고 있는 것이 아니다. 나는 탈출구를 찾고 있는 것이다. 나는 고통을 해결하고 싶다.

고통스런 삶은 여기까지. 이제 다른 부분을 이야기하자. 나는 권태가 찌든 채 사무실로 매일같이 출근하는 회사원의 아들이며, 그 회사원은 중산층이라 할 수 있고, 나이는 열일곱 살, 스트라스부르의 어느 구석, 라인 강 근처 포르뒤린이라고 하는 마을의 한구석에 자리 잡은 단독주택에 살고 있으며, 아침저녁으로 32번 버스를 타고, 학교에 들락거린다. 이번 달은 방학이라 버스 탈 일이 없다.

나는 그래서 이 공책을 샀다. 오늘부터 글을 써 보기로 했다.

7월 27일 화요일

오늘 아침, 엄마가 출근하기 전에 이렇게 말했다. "활기찬 새 학기를 맞이하기 위해서는 여름방학 동안 구체적인 계획을 세우는 것이 필수적이야."

엄마는 언제나 칭찬할 것도 흠잡을 것도 없이 완성된 문장을 머릿속에 넣고 다닌다. 〈스타빌로〉라는 잡지에서 밑줄을 쳐 가며 읽은 대목을 앵무새처럼 반복하는 사람이 우리 엄마다.

내게는 이미 계획이 있는데…… 죽을 계획으로 활기찬 새 학기를 열 수 있는지 모르겠다. 나는 아무 대답도 안 했다. 방학 동안에 몸이나 챙겨야겠다고 대답했으면 나았을까.

이 말은 사실이다. 내 몸에서는 곰팡내가 난다. 주름진 기름덩어리다. 거울 따위는 보지도 않지만, 뻔하다. 이 몸뚱이에서는 곰팡내나 시골 농가의 헛간에 처박힌 수의 냄새가 날 것이다. 아니면 퀴퀴한 지하실에서 나는 그런 냄새.

열 살하고 반 살쯤 먹었을 때, 에릭이 죽고 나서 얼마 되지 않아, 다이어트 나부랭이를 해야 했다. 지금보다 더 땅딸하고 뚱뚱해서 꼬마 똥돼지다웠다.

엄마는 날 데리고 소아과를 찾아갔고 소아과 의사는 내가 한 번도 해 본 적 없는 식이요법 처방을 내렸다. 그날부터 나는 아예 아무것도 먹지 않았다. 일주일쯤 뒤에 소아과를 다시 찾았을 때, 의사가 말했다. "아무것도 안 먹으면 안 돼! 먹어야 할 것은 잘 챙겨 먹으란 말이야!"

다시 닥치는 대로 먹어 댔다. 그러고 나자 엄마는 내 몸무게가 얼마나 나가든 얼마나 먹든 간섭하지 않았다. 나는 거울을 보지 않았다. 내 몸뚱이를 더는 보고 싶지 않았다.

내 몸의 기름 덩어리를 약한 불에 천천히 태워 보기로 했다. 운동을 시작한 것이다. 사실 아버지가 먼저 나선 일이었다. 하루는 체육 선생이 아버지를 만났다.

"움직여야죠. 에너지를 자꾸 소비해야 합니다. 그래야 좋아질 거예요. 단체 운동을 하는 게 좋겠어요. 단체 생활은 마음의 문을 열어 주죠."

체육 선생은 심리학과에 떨어지고 체육교육과에 지원했나 보다. 안 봐도 훤하다. 자칭 '청소년 전문가' 덕분에 나는 흙바닥에서 나뒹굴게 되었다. 나는 프로 선수가 들어도 깜짝 놀랄 엄청난 숫자의 공을, 축구공, 농구공, 배구공 할 것 없이 배때기로 받아 냈다.

나는 꼼짝도 하지 않았다. 공이 날아와도 피하지 않았고, 막으려고 하지도 않았다. 내 배는 기름지기도 했지만, 임신부처럼 크기도 했다.

그러자 아버지는 다시 궁리했다. 궁리 끝에 물속에서라면 살기 위해서라도 움직여야 할 것이라는 결론을 내렸다. 아버지의 생각은 옳았다. 그렇게 해서 나는 사 년간 메노 수영부의 일원이 되었다. 사 년 동안 자유형, 평형, 배영, 접영을 배웠다. 매번 아버지는 나를 끌고 바룩을 만나러 갔다.

바룩은 수영 선생의 이름이다. 한번은 바룩이 옷 입은 그대로 나를 수영장 속으로 던져 넣었다. 나는 그때 삶의 쓰라림을 배웠다. 수치스러웠다. 바룩은 나를 '빨간 신호등'이라고 불렀.

왜 나를 자르지 않는 걸까? 기적을 기다리나? 아니면 수영부를 운영하는 데는 돈이 필요하니까? 매년 9월이 되면 아빠는 등록 기간 첫날 새벽같이 일어나서 기쁜 마음으로 아들을 지옥에 상납하고 오신다.

하지만 1998년 9월 그러니까, 작년에 수영장에는 다시 안 가기로 결심했다. 석 달이 지나고 전화가 와서 내가 제명되었다는 소식을 전했다. 아버지는 머리끝까지 화가 났다.

"뭐라고! 석 달치 회비를 공중에 날려 버렸단 말이냐!"

아버지는 발을 구르며 화를 냈다. 몰리에르의 〈수전노〉에 나오는 한 장면을 보는 듯했다. 이럴 때면 나는 말대꾸하지 않고 잠자코 있다. 원래부터 그랬다. 판에 박힌 일 아닌가?

올해 4월에 마라톤 경주를 보았다. 올해 봄은 더웠다. 내 앞에서 엄마가 말했다. "이 더위에 저렇게 뛰다니, 자살행위야."

그날 이후 나는 뛰기 시작했다.

달리기는 쉽다. 장비도 필요 없고, 간섭하는 사람도 없으며, 상대가 필요한 것도 아니다. 두 달이 지나자 나는 오 킬로그램이 빠졌다. 엄마는 내가 살을 빼려고 달리기를 시작했다고 생각했다. 틀린 것은 아니지만 엄마가 모르는 게 있었다.

내 존재의 모든 무게를 없애 버리기 위해 달리는 것인데!

부모님은 선량한 분들이다. 하지만 나를 이해하지 못한다. 부모님께 상처 주고 싶지 않지만 내 삶을 견디며 부모의 삶까지 덤으로 견디는 건 너무 가혹한 일이다. 나는 부모님을 돕고 싶고, 위로하고 싶다. 진심이다. 하지만 시늉은 할 수 있어도, 자연스럽지 않다. 내가 휘파람을 불거나 수다를 떠는 모습은 상상하기 어렵다.

부모님께 사랑을 표현하고 싶은 마음은 진실하지만 어떻게 해야 하는지 모르겠다. 나는 인간관계에서는 장애인이다.

'사고'가 있은 후, 다들 엄마와 나에게 신경 써 줬다. 엄마는 욕실에 걸린 젖은 수건처럼 축 늘어져서, 슬픔이 가득한 침묵 속에서 홀로, 스스로를 위로하며 하루를 보낸다. 엄마가 나를 돌아볼 여유가 없어져 나는 기숙사에 들어갔다.

  기숙사에서 나는 뚱뚱해졌고, 지저분해졌다. 난 언제나 꼴찌였다. 상관없었다. 나는 한 줄도 정확하게 쓰지 못했다. 나는 '철자습득장애자' 였다. 병원에서 그렇게 말했다. 나는 언어치료사를 찾아다녀야 했다. 그러다가 점점 글 쓰는 일에 흥미를 느꼈다. 글쓰기는 말하기와는 전혀 다르다. 웃는 것과도 다르다. 지금까지 나는 딱 한 번 웃었다.

  그날은 프랑스대혁명 기념일이었다. 우리 동네에서도 불꽃놀이가 있었다. 아버지는 웃으며 불꽃에 불을 붙여서 주었다. 별로 재미있지 않았지만 불꽃을 이리저리 흔들어 보았다.

  밤이 되었다. 어떤 남자가 쏘아 올린 불꽃이 사람들 가운데로 떨어졌다. 사람들은 바람 빠진 풍선처럼 아우성을 치며 이리저리 몰려 다녔다. 불꽃이 내 발 앞에 푸지직 떨어졌다. 내 입술에서 웃음이 새어 나왔다. 입이 아팠다. 이내 흐느끼기 시작했다. 그러고는 바지에 오줌을 지렸다. 부모님은 휘둥그레진 눈으로 나를 쳐다보고 있었다. 그 시선 때문에 더 미칠 것 같았다. 나는 다시 발작적으로 웃어 젖혔다. 기쁨이란 기쁨은 모두 내게서 사라졌다. 나는 항상 우울하다. 음울하다.

  나는 음산하다. 사람들은 간신히 나의 음울함 때문에 내가 있다는 것을 눈치챈다.

작년에 국어 선생은 나를 밉상스럽게 여겼다. 내가 겉멋이 들었다고 생각했던 것이다. 선생은 내게 떠돌이 똥개 같다고 했다. 내가 볼 때 그녀는 '신음하는 쪽보다 짖는 쪽'을 더 좋아하는 모양이었다. 국어 선생은 나에 대해 아무것도 몰랐으면서 알려고 하지도 않았다. 모르긴 몰라도 아마 개를 싫어하는 모양이다. 어쨌든 덕분에 별명을 하나 얻었다. '똥개'.

어떤 면에서는 매력 있는 별명이다. 그 똥개에게 주인을 따르라고 윽박지르지만 않는다면.

7월 28일 수요일

몸이 더 견디지 못하도록 지쳐서, 어쩌면 죽을 수도 있겠구나 싶었던 며칠이 지났다. 그러나 아무 일도 일어나지 않았다.

나는 사십오 분 동안 달렸다. 이제 그만두자는 심장의 외침도 상관치 않고, 살려 달라고 악쓰는 허파도 상관치 않고 흐느적거리는 두 다리도 상관치 않았다. 심장은 엄살이 심했다. 내 몸은 생각했던 것보다 훨씬 튼튼했다.

달리기를 멈추고 나서 공원 안쪽에 흐르는 개천으로 뛰어들었다. 얼음장같이 차가웠다. 고압 전류에 감전된 것처럼 뒷목이 찌릿했다. 머리통 안쪽에서 누군가가 초인종 줄을 잡아당기듯이 신경을 잡아당기고 있었다. 그런데도 나는 죽지 않았다.

나의 육체는 정신보다 훨씬 더 튼튼했다. 젊으니까 살려고 기를 쓰는 거겠지.

육체와 달리 정신은 늙고 주름지고 삶에 지쳐 있다. 나는 백 살이 넘었고 동시에 열일곱 살이다.

때로 내 안의 노인네가 잠들면 몸을 감당할 수가 없다. 사랑하고 싶고 사랑받고 싶어서 난 내 몸을 부드럽게 위로한다. 내가 한 번도 받아 보지 못한 애정으로.

그러나 그 후에는 매번 수치심이 몰려온다. 내가 아무것도 바랄 수 없는 살덩어리. 손이 닿을 때마다 고통스러워하는 살덩어리. 때로 굶주린 몸은 악쓰고 울부짖는다. 나는 어쩔 수 없이 내가 할 수 있는 일을 한다. 감히 다른 것을 찾을 수는 없으니 더 이상은 없다.

사실 더 잘할 수도 없다.

물론 나는 운동 부족이다. 하지만 그것이 본질적인 것은 아니다. 나는 남들과 의사소통할 줄 모른다. 함께 어울릴 줄도 모른다. 에릭이라면 훨씬 나았을 것이다. 형 에릭은 언제나 나보다 앞서 있으니. 나는 2번이므로 순서를 기다려야 한다.

그러나 기다리는 자는 아무것도 얻을 수 없다.

7월 29일 목요일

이웃집 사람들이 열심히 떠들고 있다. 우리 집 마당을 사이에 두고 양쪽에서 담장 너머로 대수롭지 않은 일로 한참을 떠든다. 드라이어 씨가 알사스 속담을 들려주자, 뮐렌바흐 부인이 '정말 딱 맞는 말이네요.' 하고 맞장구를 친다. 나는 창문을 통해 보고 있었다. 바보 같은 대화에 소름이 돋았다. 바람 쐬러 나가지도 못했다.

나는 내 방에 갇힌 것이다. 문학 교과서의 시를 읽었다. 대학 입학자격시험을 준비하려고 6월에 샀는데 뒤적이다 보니 흥미가 생겼다. 시험이 끝나도 헌책방에 팔지 않을 생각이다.

창을 통해 뚱뚱한 드라이어 씨를 보고 있다. 울타리에 기대어 있는 드라이어 씨의 물렁한 배가 울타리 철조망 사이에 눌렸다.

공원 너머 버드나무를 가만히 보고 있다. 개천 건너편 둔덕에 부드러운 가지가 물 위로 늘어져 있다.

내가 자연을 좋아하는 방식에는 약간 광기가 있다. 여태껏 아무에게도 말하지 않았던 것이다. 이 자리가 처음이다.

나는 풀을 뜯어 먹는다. 이른 봄 나무의 새싹을 뜯어 먹는다. 또 아무도 보는 사람이 없으면 벌거벗고 땅을 구른다. 공원 깊숙이 흐르고 있는 개울가에서.

미친 짓이다. 나는 시뻘겋게 익어서 집에 돌아온다. 시퍼렇게 멍들고 벌레 물려 부어오른 상흔들을 매달고. 하지만 부모님이 오기 전에 재빨리 목욕을 하고 나면 하루 종일 집에 있었던 것처럼 깨끗하다. 나는 속으로 낄낄 웃는다.

우리 개 바쿠는 검정 뉴펀들랜드 종이다. 꼬리를 살랑살랑 흔들며 내가 하는 짓을 이상하다는 듯이 지켜보고 있다. 나는 한 번도 바쿠를 때린 적이 없다. 큰소리도 치지 않는다. 그래도 바쿠는 나를 잘 따른다. 개끼리는 서로 통하는 데가 있으니까.

바쿠는 착하고 얌전하고 나처럼 약간 바보스럽다. 하지만 성질이 순하다고 해서 바쿠가 개로서 할 일을 게을리 하는 것은 아니다. 집을 지키고, 집배원을 쫓아다니면서 짖고, 위험을 느끼면 이빨을 드러낸다. 그게 우리 둘의 차이점이다. 나는 사람 노릇도 못하니까.

나는 사람이 아니다.

사람의 탈만 쓰고 있을 뿐이다.

7월 30일 금요일

오늘 아침 미리암을 만났다. 미리암은 우리반 여자애다. 부모님이 이혼해서 아버지와 살고 있다. 나는 우와조 마을을 한 바퀴 돌고 펭송 거리를 달려 플뢰르 마을로 접어들었다. 거기에서 꼼짝 않고 서 있는 미리암을 보았다. 미리암은 슬퍼 보였다. 담배를 피우러 나온 것 같았다. 우리 부모님처럼 미리암의 아버지도 집 안에서 담배를 못 피우게 하는 모양이다.

여름방학 중의 어느 날 아침 아홉 시, 그녀가 거기에 있었다. 담장에 기대 말보로 연기를 뿜으며 미리암이 내게 인사한다. 푸르스름한 담배 연기 사이로, 친절하게, 가볍지 않은 몸짓으로 부드럽게. 나도 멀리서 손을 흔들었다. 미리암에게 말을 걸어야 했다.

하지만 날마다 사십오 분 동안 달리기로 스스로와 약속한 것 때문에 멈추지 않았다. '스스로와의 약속'이라니 그게 무슨 바보 같은 소리란 말인가.

방금 전에 수영부 친구에게서 전화가 왔다. 이번 일요일 선수 선발경기가 있으니 수영장으로 오라고. 이놈이 왜 잊지 않고 꼬박꼬박 연락하는 걸까. 그네들이 선발되거나 말거나 나는 전혀 관심 없다. 이제 수영장 따위는 나와 아무런 관계도 없다. 나는 더 이상 수영부가 아니니까. 그런데도 수영부 애들은 날 데리고 다니려고 한다. 엄마의 명령으로 어쩔 수 없이 동생을 데리고 다녀야 하는 언니들이나 되는 듯이. 그런 언니들은 귀찮은 짐을 지게 된 것에 대한 복수로 동생을 못살게 군다.

지금 내가 생각 없이 '친구'라고 부른 건 자비에 페레이라다.

붉은 머리를 짧게 자른 자비에 페레이라는 키도 크다. 상체는 역삼각형으로 떡 벌어졌다. 게다가 나와 달리 수영에 타고난 재능이 있다. 자비에도 나처럼 별로 웃지 않는다. 자비에가 웃을 때는 비웃을 때뿐이다. 여자애들은 자비에만 보면 사족을 못 쓴다. 이해할 수가 없다. 나 같으면 여드름과 개기름 때문에라도 옆에 가기 싫을 텐데. 자비에의 주장으로는 여드름이 아니라 수영장의 염소 소독약 때문에 생긴 뾰루지란다.

    결론을 말하면, 그는 내게 없는 모든 것을 다 가졌다. 재능, 성공, 여드름, 전부 다.

    물론 나는 수영장에 가지 않…… 을 수가 없겠지.

    거절할 용기도 없다.

7월 31일 토요일

자정이다. 침대에 엎드려 있다. 이 일을 적어야 할까 망설인다. 이것 역시 추억이고 비밀이긴 하다. 그래, 그런 만큼 기록할 가치가 있지.

    '사고'가 있고, 그해 9월에 6학년으로 다시 학교에 다니기 시작했다. 나는 스트라스부르의 중심가에 있는 기숙사에 들어갔다. 그리고 매주 금요일 저녁에는 버스를 타고 교외에 있는 우리 집으로 돌아왔다. 아버지가 날 데리러 오는 때도 있었다. 기숙사에 들어간 것은 잘한 선택이었다. 그동안 집안은 풍비박산이 났으니까.

엄마는 밤낮 울고 한 달에 두 번은 자살을 시도했다. 아버지는 별 도움이 안 되었다. 그러면서 내게 으르렁거리며 나를 짓밟았다.

나를 에릭이라고 부를 때도 있었다! 제기랄…….

기숙사에서 파브리스를 만나 단짝이 되었다. 파브리스는 배려심도 있었다. 그리고 내겐 유일한 친구였다.

축구를 하건 산책을 하건 다른 애들은 나를 끼워 주려 하지 않았다. 반대로 베개 싸움이 벌어지면 애들은 나부터 찾았다.

내 역할은 과녁이었다.

"무룽을 잡아라!!"

이 말이 애들에게는 가장 신나는 전투 신호였을 것이다.

나는 탈의실이나 세면장으로 도망갔다. 도망간다 해도 어쩔 수 없이 스스로를 방어해야 하는 상황이 온다. 애들이 계속 못살게 굴면 나는 아무렇지도 않은 듯 세면장으로 가서 침착하게 물을 마신다. 사실은 물을 마시는 것이 아니다. 입 한가득 물을 머금는 것이다. 그리고 내가 세면장에 갔다 왔다는 사실마저 완전히 잊힐 때까지 끈기 있게 기다린다. 그러다 나를 괴롭히는 애들이 다가오면 얼굴에 물을 뿜어 준다. 눈앞에 침 섞인 안개가 뽀얗게 인다.

이태가 지나고 중학교 2학년이 되었을 때, 붉은 머리 건달이 우리 반에 들어왔다. 머리며 옷이며 완전 개날라리처럼 하고 나타난 애가 자비에 페레이라였다.

어느 날 영어 시간이었다. 자비에는 섹스 피스톨이 부른 노래의 가사를 가지고 와서, 영어 선생에게 해석해 달라고 했다. 하지만 애석하게도 바랐던 일은 일어나지 않았다.

수업 시간 내내 우리는 자비에 때문에 극도로 긴장했다. 온갖 잔인하고 살벌한 이야기와 험악한 인상으로 주변의 애들을 위협했다. 애들은 잔뜩 겁을 집어먹어 간이 콩알만 해졌다. 결국 선생도 돌아가는 분위기를 알게 되었다.

자기가 잉카의 마지막 후예라고 자비에가 말했더라도 나는 곧이들었을 것이다. 안개 속 같은 내 삶에 자비에로 인해 흐릿한 빛이 비쳤다.

처음에는 자비에도 다른 애들처럼 나를 괴롭혔다. 하지만 다른 애들처럼 행동한다는 것은 무정부주의자로서 수치스러운 일이 아닌가! 반사회적 인물이 이성을 잃었달 수밖에.

언제부터인가 자비에는 수업 시간에 내 옆에 앉았다. 그리고 이것저것 가르쳐 주었다. 화장실에서 몰래 담배 피우는 법도 가르쳐 주었고, 음반을 빌려 주기도 했다.

그가 한발 다가오면, 나는 한발 물러났다. 나는 자비에를 무서워하면서도 경탄의 눈으로 그를 바라보았다.

에릭이 사라지고 나서 나는 처참하고 신속하게 죽고 싶었다. 버스나 열차가 탈선해서 나를 뭉개고 지나가는 것을 상상했다. 하지만 그러려면 우연에 의존하게 된다. 진지해질 수 없다.

반 애들 둘이 내가 이상한 짓을 했다며 놀렸을 때도 딱 죽고 싶었다. 자비에가 다가오면 나는 얼굴이 빨개져서 쉬는 시간이 되자마자 파브리스에게로 도망갔다. 의심 받을 만한 행동이었다. '유죄'를 시인하는 거나 한가지니까.

열네 살쯤 되면 머슴애들은 잔인하고 난폭해진다. 애들이 나를 호모라고 했을 때 나는 그 자리에 주저앉을 뻔했다. 에릭의 이름에 걸고 맹세하건대, 내 손에 칼이 들려 있었다면 그 자리에서 당장 목숨을 끊었을 것이다.

화학 시간이 끝나 갈 무렵이었다. 자비에는 화학 선생을 골려 먹을 생각으로 음탕하게 피펫을 빨았다. 내 옆구리를 쿡쿡 찌르며 자신을 따라 하라고 시켰다. 종이 울리고 나서 뒷자리에 있던 애들이 내게 '호모'라고 욕을 해 댔다. 목구멍에 실타래가 걸린 것 같았다. 숨이 막혔다. 난 울음을 터뜨렸다. 그들은 당당히 승리를 거둔 것이다.

그때 자비에가 다가와서 내 어깨에 손을 얹고는 엄마가 아이를 달래듯이 "아이고, 우리 강아지, 누가 우리 강아지를 괴롭혔어?" 하고 말했을 때도 나는 이를 앙다물고 있었다. 지지 않고 그럴듯한 말로 맞받아치려고 했지만 아무 말도 떠오르지 않았다. 그날 이후로 자비에는 내게 말을 걸지 않았다. 다만 몸짓과 태도로 겁에 질린 나를 꿰뚫어 보고 있었다. 그것만으로 충분하다는 듯이.

6월 10일 내 생일날, 수업이 끝나 갈 때쯤이었다.

이날 아침에 나는 엄마와 묘지에 갔다 왔다. 에릭이 죽고 난 후 매년 해 왔던 일이다. 엄마는 열이 나서 늦었다고 핑계를 대라 했다. 한 시 반쯤 학교에 도착하니 종이 울리기 직전이었다. 깜짝 놀랄 일이 벌어졌다. 우리 반 여자애들이 몰려와서 내 볼에 뽀뽀를 했다. "생일 축하한다…… 피에르!" 진심이 느껴지는 말들이 아니었다. 파브리스다. 확실하다. 짐짓 모르는 체하는 파브리스의 모습, 그리고 저들의 눈 속에 드러난 동정…….

너무 놀란 나머지 아무 말도 못하고 있는데 갑자기 자비에가 나타나서는 내 팔을 잡아끌었다.

"이리 와 봐, 선물을 줄게"라고 말하며 자비에가 학교 뒤란 구석에 있는 화장실로 나를 끌고 갔다. 문을 닫기 전에는 조심스럽게 주변을 살피기까지 했다. 담배꽁초 몇 대 줄 거면서 웬

호들갑일까 싶었다.

 자비에가 나를 화장실 벽에 붙여 세웠다. 내 얼굴을 두 손으로 감싸 잡았다. 순간 주먹이 날아올 거라 생각했다. 그런데 자비에가 내게, 입을 맞췄다. 생일날 으레 하는 가벼운 뽀뽀가 아니라 정말로 키스였다. 잠깐 동안 계속되었다. 무서운 일이다. 머릿속에는 오직 한 가지 생각밖에는 없었다.

 '누가 들어오면 어쩌나.'

 이윽고 자비에가 나를 놓아주었다. 나는 공포에 질린 눈으로 자비에를 뚫어지게 쳐다보았다. 공포에 질린 눈으로…… 자비에도 날 쳐다보았다. 자비에는 웃지 않았다. 그도 겁먹은 것 같았다. 그리고 입을 쓸어 닦았다. 내가 피부병 환자라도 되는 듯.

 자비에는 화장실을 나갔다. 나는 아주 오랫동안 그 자리에 남아 있었다. 시작 종이 울리고 나서야 교실로 올라갔다. 교실을 휘둘러보았지만 자비에는 없었다. 파브리스가 자비에가 무슨 선물을 주었는지 물었다. 다음 쉬는 시간까지 '트러스트'의 음반을 주겠노라며 집에 갔다고 했다. 이날 자비에는 다시 학교에 나타나지 않았다. 자주 있는 일이다. 내일부터 자비에는 비웃기 좋아하는 패거리와 함께 나타나 화장실에서 있었던 일을 떠벌리고 다닐 것이 뻔하다고 생각했다.

 다음날 우리는 마주쳤으나 한마디도 하지 않았다. 그리고 아무엇도 변하지 않았다. 아무 소동도 일어나지 않았다. 차츰 나는 자비에가 아무에게도 그 일에 대해 말하지 않았다는 것을 확신할 수 있었다.

　이후로 몇 년 동안 나는 그 일의 의미를 알지 못했다. 그리고 그동안 나 역시 아무에게도 말하지 않았다.

8월 1일 일요일
오늘은 최악의 날이다. 더 이상 생각하지 말아야지…….

　수영장까지 달렸다. 수영장은 도시 반대편 끝에 있다. 한 시간 정도 달리기에 나쁘지 않다. 자, 한번 달려 볼까. 약간 피로한 기색으로 수영장에 도착했으면 싶었다. 그래야 우연히 들른 것처럼 보일 테니까. 달리기를 하다가 물을 마시러 수영장에 들른 것처럼 가서 물 구경을 하는 것이다.

　그렇다 해도 나는 대체 무슨 귀신에 지펴서 그 망할 수영장에 간 것일까? 관중석에 앉아서 자기 자식들을 물속에 밀어 넣고 좋아하고 있는 부모들 사이에서…… 이 형편없는 경쟁에 얼마나 더러운 추억들이 얽혀 있는지.

　호각 소리가 수영장 안에 메아리쳤다. 물살이 반짝이더니 수영장 바닥의 경주로가 일그러져 흐느적거린다. 천장 가까이 벽에 붙어 있는 거대한 초시계, 염소 소독약 냄새, 얼핏 엿보이는 탈의실 바닥의 푸른 타일까지 내게는 지옥의 영상이다.

 나는 수영부 애들의 시시껄렁한 농담까지 덤으로 얻고 돌아왔다. 경기가 끝나기 전에 자리를 뜨려고 했는데, 그네들이 먼저 나를 붙들고 놓아 주질 않았다. 학교 앞에 있는 카페 '라고'에까지 나를 끌고 갔다.

 수영부였을 때도 그곳에는 발길을 들이지 않았다. 담배 연기로 자욱한 라고는 우리 학교 애들이 가장 많이 찾는 곳이었다. 나야 만날 사람이 없었으니까 한 번도 가 본 적이 없다.

 자비에는 대회에서 2등을 했다. 나머지는 형편없었다. 그 때문에 다들 시무룩했고, 거칠었다. 토마는 유독 더했다. 토마는 나와 비슷한 축으로 체구도 크지 않고 재능도 없었다.

 수영 선생 바룩은 거의 죽을 때까지 토마를 물속에 담가 두곤 했다.

 내가 수영부를 그만두자, 토마가 꼴찌를 차지했다. 꼴찌가 사라지고 자신이 꼴찌가 된다는 건 여간해선 견디기 어려운 일이다. 진심으로 안됐다고 생각한다.

 내가 수영부였다는 사실을 나도 거의 잊고 있었다. 토마 역시 나를 모른 체 지나쳤다. 수영부 애들이 토마를 조롱하며 키득대기 시작했다. 아주 거슬렸다.

애들이 토마를 놀려 대는 꼴이 밉살맞았다. 순간 나도 모르게 토마를 편들고 나섰다. 멍청하고 재수없는 사무엘이 토마를 장난감 다루듯 하자 나는 며느리발톱을 세웠다.

지렁이도 밟으면 꿈틀하듯이 나도 아버지에게 그럴 때가 있다. 그럴 때면 아버지는 "피에르가 며느리발톱을 세웠구나"라고 한다.

애들에게 뭐라고 지껄였는지 기억나지 않지만 여하간 내가 그 틈에 끼어들어 무슨 말인가를 내뱉았다. 시비조였을까? 순간 애들의 웃음소리가 멈췄다. 난 커피를 한 모금 입에 물었다.

"피에르 이 새끼야, 앞으로는 말조심해라."

사무엘은 흥분한 도베르만처럼 금방이라도 달려들 것 같았다.

"신경 쓰지 마. 별것 아니잖아."

자비에가 끼어들었다.

저 애가 왜 나를 두둔하는 걸까, 생각할 새도 없이 자비에가 말을 이었다.

"너희는 모르겠냐? 무롱이 요새 좀 변했어."

이제 내 차례다. 나는 멋지게 대꾸할 말이 떠오르기를 바라며 손바닥 안에서 커피 잔을 빙글빙글 돌렸다. 아무것도 떠오르지 않았다. 커피 잔에 빠져 죽고 싶었다.

"탈모가 시작된 거야!"

"저런, 불쌍해라."

벌떼가 집을 지은 것처럼 귓속이 윙윙대는데도 애들의 느끼한 웃음소리가 똑똑히 들렸다. 특히 토마가 웃는 소리가 내 가슴을 할퀴었다. 당하고 있는 모습이 안쓰러워 제 편을 들어 준 것인데…… 인간이라는 동물이 이처럼 얄팍하다. 내가 저 대신 웃음거리가 되자 얼마나 행복해하는지. 나는 귀가 뜨거워지고 얼굴이 달아올랐다.

자비에가 뜬금없이 내게 물었다.

"그런데 너는 왜 수영부 그만둔 거야?"

사무엘이 거든다.

"그러게 말이야. 너만 남아 있었어도 토마가 꼴찌는 면했을 텐데."

다시 한 번 웃음이 터졌다. 무거운 쇳덩어리가 가슴을 짓누르는 것 같았다. 나도 웃으려고 애써 보았지만 잘되지 않았다. 정신이 혼미했다. 토마와 주먹다짐을 할 수도 있었을 것이다. 생각 끝에 바보같이 그만 의자를 박차고 일어났다. 얼굴은 붉게 달아올라 있었다. 오른쪽에서 사무엘의 목소리가 들렸다.

"바룩이 널 보고 빨간 불이라고 부르는 이유를 이제 알겠다. 정말로 안개 낀 횡단보도의 빨간 신호등 같은데!"

사무엘의 농담은 대성공이었다. 카페 전체가 웃음소리로 들썩거렸으니까. 뒤떠드는 소리들 가운데에 나는 줄곧 서 있었지만 화가 난 것은 아니었다. 자비에가 자리에서 일어섰다.

"토마보다 잘할 수 있다면 증명해 보이면 되는 거야. 내가 시간을 재 줄게."

무슨 멍청한 생각이란 말인가. 이 바보 같은 놈의 머릿속에는 '경쟁' 말고는 아무것도 든 것이 없다. 하지만 나는 차마 두려워서 자비에의 제안을 거절할 수도 없다. 속으로 나를 달래 보았다.

'불안할 거 없어. 잠깐만 물속에 들어갔다 나오는 거야. 금방 끝난단 말이야. 그래, 하고 대답하면 되는 거야.'

그때 자비에가 내 옷차림과 농구화를 훑어보더니, "아니면 달리기로 할까? 중거리면 되겠지. 어때?" 하고 물었다.

나는 대뜸 "그래" 하고 대답했다. 내게 유리한 조건으로 결론이 나자 얼떨결에 만족감마저 느꼈다. 나는 마치 집에서부터 이 경기를 준비해 왔다는 듯이 날짜까지 정해 버렸다.

"다음 주 수요일, 두 시, 운동장에서."

나는 당당한 목소리로 분명하게 말했다. 뜻밖의 대응에 다들 놀랐다.

나는 애들보다 더 놀랐다.

자비에가 한마디 덧붙였을 때 모두는 한 번 더 놀라고 말았다.

"당연히 나와 겨루는 거다."

자비에가 이제 그만 돌아가자는 듯 가방을 집어 들고 일어서자 나머지 애들도 자리에서 일어났다.

"내가 네 상대가 될지 모르겠다."

자비에가 내 어깨를 두드리며 귀에다 속삭였다.

어안이 벙벙했다. 아무도 듣지 못했다. 그래서 아무도 웃지 않았다. 분명히 비웃는 말인데.

이런 난감한 경우가 있을까. 자비에와 겨뤄야 하다니.

내 육체는 고장이 나 있단 말이다.

마음의 병 때문에!

8월 3일 화요일

꽁지깃이 다 빠진 멧비둘기 한 마리를 주웠다. 날갯죽지 속에 머리를 틀어박은 채 잠든 듯 보였다. 깃이 듬성듬성 빠져 있었다. 솜털이 송송한 어린것이 진흙투성이가 되어 땅바닥에 떨어져 있었다.

나를 두려워하는 것 같았다. 혹은 죽어 가거나. 아니면 둘 다이거나.

겁에 질리는 것은 죽음과 같다.

그날 우리 개와 나는 초콜릿을 나눠 먹고 있었다. 나는 많이 먹지 않으려고 애썼다. 그래도 네 시에는 초콜릿을 먹어야 한다. 오전에 달리기를 한 날은 더욱 그렇다.

기숙사에서 퇴사할 때 즈음해서 바쿠가 우리 집에 들어왔다. 부모님은 우리가 좋은 친구가 될 거라고 생각했다. 부모님의 생각은 들어맞았다. 나는 바쿠와 많은 시간을 보냈다.

네 시다. 네 시는 간식 시간이다. 옛날에 간식 시간은 중요한 시간이었다. 어머니는 창문으로 고개를 내밀고 "와서 간식 먹어야지" 하고 우리를 부르셨다. 그러면 우리는 집으로 뛰어 들어갔다. 다른 친구들도 다들 그랬다.

우리가 '어딨어'라고 별명 지은 친구가 하나 생각난다. 우리들은 그 친구를 놀려 주려고 숨고는 했다. 간식을 먹으러 가든 텔레비전을 보러 가든 우리는 그 친구 모르게 움직였다. 그러면 얼마 지나지 않아 길에서 우리를 찾는 소리가 들렸다. "어딨어?" 그러면 우리는 실컷 웃어 댄다.

우리가 둘이었을 때 우리는 강했다. 강해지면 대부분 못되게 굴기 마련이다.

어제 뉴스에서 보았는데 미국에는 쌍둥이만 사는 마을이 있다고 한다. 쌍둥이 부부가 세운 마을이다. 쌍둥이 형제가 쌍둥이 자매와 결혼하고 쌍둥이를 낳는다…….

어제 이 도시의 시장이 미국 전역에서 천 쌍의 쌍둥이를 마을로 초청했다고 했다. 미친 짓이다. 쌍둥이 축제라니, 거울 속의 사람들이 걸어 나온 것처럼 모든 사람들이 둘이 되는 축제……. 누가 누구인 줄 어떻게 알까. 쌍둥이 중 누가, 누구에게 투표하고 누구와 결혼하는지도 구분할 수 없을 것이다. 이것이 저것 같고 저것이 이것 같아서 뒤죽박죽, 엉망진창이 될 것이다. 현기증 나는 일이다. 똑같은 모습으로 한날한시에 태어나는 것만큼 무시무시한 일이 또 있을까? 그렇다면 언제든 둘이 뒤바뀔 가능성이 있는 것이다. 대타 인생이 될 수도 있는 것이다. 그런 현기증을 어떻게 감당할 수 있을까!

'사고'로 세상을 떠난 우리 숙모가 본보기다. 우리 숙모에게 그 사고로 죽은 조카는 에릭이 아니라 바로 나다.

바로 내가

숙모와 함께

죽었다.

에릭이 아니라.

차가 출발하기 전 에릭은 차에 올라 차창 밖으로 손을 흔들며 내게 이렇게 소리쳤다.

"안녕, 에릭! 안녕! 이따가 봐!"

이런 장난에 절대 속을 리 없는 엄마는 웃고 있었다. 끔찍한 장난이다. 쌍둥이란! 아빠마저도 가끔 우리 둘을 헷갈렸지만 엄마는 우리를 헷갈린 적이 없었다. 그때 운전을 했던 자키 삼촌의 말에 따르면 에릭은 뒷좌석에서 피에르 놀이를 계속하고 있었더란다. 만약 나였다면 안전띠를 매고 얌전히 앉아 있었을 것이다. 숙모는 끝까지 에릭을 나로 알고 있었다. 삼촌 말로는 에릭이 앞 유리창을 뚫고 날아갈 때 숙모가 "피에르!" 하고 소리쳤다고 한다. 그리고 나서 숙모는 아무 말도 하지 않았단다. 숙모 역시…… 숨을 거두셨다.

배가 아프다. 초콜릿을 너무 많이 먹은 탓이다.

울고 싶어졌다. 무엇을 해야 할지 모르겠다. 그렇다면 등나무 줄기를 껴안고 광이나 내야겠지.

8월 4일 수요일

오늘은 성 아벨의 날이다. 달력을 다 뒤져 보아도 성 카인*의 날은 없다. 성경에 따르면 우리는 카인의 후손이 아니던가. 모두들 알고 있지만, 누구도 카인에게 경의를 표하지 않는다. 역시 죽는 편이 더 나은 것이다.

*창세기에 나오는 아담과 하와의 맏아들. 질투심 때문에 동생 아벨을 죽이고 벌을 받아 떠돌아 다녔다.

멧비둘기가 죽었다. 오늘 아침 차갑게 식어 있었다. 해진 인형 같았다. 아버지가 쓰레기통에 던져 버리려는 것을 공원 깊숙이 흐르는 개천가에 묻어 주러 갔다.

두 시에는 운동장으로 나가야 한다. 나는 준비가 끝났다. 시합을 생각해서 오늘 아침에는 가볍게 몸을 푸는 정도로만 뛰었다. 그래서인지 뱃속이 좀 풀리는 것 같다. 어제저녁 억지로 삼킨 쾌락 때문에 몸속에 뭔가 엉킨 채 남아 있는 것 같다. 계속 아픈 건 아니지만, 어쨌든 지금은 아프다.

내가 슬픔에 잠길수록 내 육신은 쾌락을 원한다. 이상한 작동 방식이다.

달릴 수 있을 만큼만 몸이 나아지기를 바랄 뿐이다.

8월 5일 목요일

집에 돌아와서 먹고 자고 꿈꿨다. 어제 일어난 일이 오늘 아침까지도 믿기지 않는다.

어제 오후 운동장에 도착하니 멀리서부터 수영부 애들이 보였다. 자비에를 응원하러 나온 것이다. 자비에는 나보다 일찍 운동장에 나와 있었다. 운동복을 입은 자비에가 나를 향해 걸어왔다.

"몸은 좀 어때?"

"괜찮아."

사실은 끔찍했다. 똑바로 설 수 없을 만큼 배가 아팠다. 귓속에 솜을 박아 넣은 것처럼 소리가 잘 들리지 않았다.

"몸 풀기로 한 바퀴 돌래, 아니면 지금 시작할까?"

자비에가 마음을 써 줬다. 내가 대답했다.

"네 맘대로."

자비에는 준비가 되었다고 한다. "나도" 하고 대답했다. 내 뱃속에는 "그만두고 싶어!"라는 비명 소리가 메아리친다. 오천 미터로 결정했다. 그러니까 운동장 여섯 바퀴를 도는 것이다.

경마장에서 마권을 사고 있는 기분이었다. 지루한 일요일 텔레비전 앞에 딱 달라붙어 있는 아버지, 3연식경마, 3연식경마란 가장 뒤에 달리던 말이 결승점에서 1등을 추월하여 들어오는 것이다.

나는 이방인이다. 누가 내게 걸까. 아무도 없나? 승산이 없으니 장사가 될 리가 없지.

"무롱, 물어 와! 물어 와! 착한 똥개야!"

"달려 무롱, 달려! 착하지 우리 똥개!"

나는 양말이라도 물어 오고 싶었다. 그러려면 누군가 양말이라도 던져 줘야 할 것 아닌가!

출발신호가 떨어졌다. 자비에가 십 분의 몇 초 차이로 나보다 먼저 뛰어나갔다. 자비에는 빨랐다. 넋은 날아가 버렸다. 몸은 출발 명령에 따라 기계적으로 움직인다. 두 번 크게 들이쉬고 두 번 작게 내쉬고, 계속했다. 운동장 트랙에 부딪는 내 발자국 소리가 두개골을 울린다. 다리가 후들거렸다.

정신은 한 주먹만 해져서 한쪽 구석으로 숨어 버렸다. 하지만 심장은 근육 덩어리일 뿐, 혈액을 공급하는 펌프, 내 것은 손질도 잘되었고, 길도 잘 들었다. 자비에가 점점 가까워 온다. 따라잡아야겠다.

기차를 타고 역에 멈춰 있는 열차 옆을 지나칠 때, 멈춰 있는 열차가 뒤로 가는 듯이 보이는 것처럼 자비에도 내 뒤를 향해 달리는 것 같았다.

이제 넋이 돌아왔다. 진정이 좀 된 모양이다. 이번에는 자기가 해야 할 일이 없다는 것에 만족하는 것 같다. 몸은 스스로 호흡을 조절한다. 넋은 여기가 아닌 어딘가를 헤매고 있다. 나는 눈 뜨고 꿈을 꾼다.

나는 덧창이 닫힌 어두운 거실의 안락의자에 앉아 있다. 낡은 가죽으로 덮인 안락의자. '사고'가 있고 얼마 지나지 않았다. 모든 것을 다 보아 버린 사람의 고통이 자키 삼촌의 머리에서부터 발끝까지 덮고 있다. 탑승자 세 명 중에 두 명 사망, 그리고 생존자인 그는 운전을 하고 있었다. 그 남자는 살아남았다. 병원 침대, 목발 하나, 여기저기 남은 흉터. 이런 것은 별것 아니다. 아무 말도 못하고 자책 가득한 눈으로 나를 바라보았다. 나는 아무 말도 하지 않았다.

나는 8월 1일부터 입을 열지 않았다. 목요일이었다. 장례는 토요일에 있었다. 무더운 날이었다. 숙모는 자기네 가족 묘지에 묻혔다. 에릭은 공동묘지로 갔다. 내 형제는 상자 속에 들어 있었다. 반죽처럼 으깨져 있었다. 내가 가장 잘 안다. 왜냐하면 두 눈으로 똑똑히 보았으니까.

거북이처럼 뒤집혀 길가에 나자빠져 있는 삼촌 차 뒤에 아빠 차가 섰다.

아빠가 차를 세우자마자 내가 맨 먼저 뛰어내렸다. 나는 뒤집어진 거북이가 되어 있는 삼촌 차로 달려갔다. 그리고 나는 보았다. 뒤집어진 차로부터 십 미터 앞, 아스팔트 위에…….

에릭은 이미 사람의 모습이 아니었다.

다른 이였다면 멀리 도망갔을 것이다. 하지만 나는 이미 멀리 와 있었다. 다른 이였다면 울고불고 악을 썼을 것이다. 하지만 나는 흥분과 격정이 내 앞에 죽어 있는 것을 보고 있었다. 다른 이였다면 조용히 혼자 있으려고 했을 것이다. 하지만 나는 이미 혼자였다. 이제 영원히 혼자일 것이다. 존재하지 않는 자처럼 혼자이다. 나는 도망가지 않았다. 자리를 피하지도 않았다. 성내지도 않았다. 흥분하지도 않았다. 격정에 사로잡히지도 않았다. 대신 넋을 잃었다. 나는 텅 비어 버렸다.

  칠 년이 지나고 나서야 아주 조금 존재감이 채워졌다. 하지만 무슨 소용이 있단 말인가? 매일같이 에릭을 다시 보는데.

나는 자비에를 앞질렀다.

  속으로 노래를 불렀다. 기분이 조금 나아진다. 일곱 살은 더 어려진 것 같다. '작은 새들이……' 우리는 이 노래를 목이 터져라 불렀다. 그러고는 오줌을 찔끔 지릴 만큼 웃어 댔다. 좋은 때나 나쁜 때나 우리는 이 노래를 불렀다.

    작은 새들이
    날카로운 부리로
    서로 등 긁어 주다가
    똥꼬를 찔렀네!

자비에의 거친 숨소리가 등 뒤에서 들린다. 멀리 떨어져 있지는 않은가 보다. 이제 두 번째 곡선 주로이다. 입속에서 피 냄새가 난다. 편도선이 또 말썽인 모양이다. 편도선에서 피가 흐르는 것 같은 느낌이다. 아마도 침과 가쁜 호흡 때문일 것이다. 나는 아직 뚱뚱하니까. 만약 살을 더 뺐더라면, 내 허파는 훨씬 더 크고 깨끗했을 것이다.

나는 아직도 잘 모르겠다. 가수들이 폐활량이 왜 그렇게 큰지를. 가슴에 여행 가방이 들어 있다고 말하지 않는가. 사람들은 텔레비전에서 노래하는 가수를 보며 "대단한 폐활량이야! 허파에 여행 짐을 넣어도 되겠군" 하고 감탄하지 않던가. 유쾌한 농담이다.

나는 이제 사점을 넘어서고 있다.

허벅지가 아프다. 하지만 호흡은 고르다. 옆구리도 아프지 않다. 시합 세 시간 전부터 아무것도 먹지 않았다. 주의를 기울인 것이다. 등 뒤에서는 아무 기척이 없다. 자비에가 멀리 떨어진 것일까? 아니다. 너무 경솔한 판단이다.

이제 두 바퀴째로 접어들었다. 나는 머리 위로 팔을 치켜들었다. 이렇게 하면 어깨의 긴장이 풀리고 팔의 피로감도 훨씬 덜하다. 겨드랑이도 시원해진다. 힘들수록 나는 더 힘을 낸다. 부드럽게, 다리에서 힘을 뺐다.

푸마가 된 것 같았다. 왜 푸마일까? 운동화가 푸마니까.

힘을 내자! 조금만 힘을 내자! 그러면 저절로 나아질 것이다.

자, 나아진다. 나아진다…….

《목매달린 귀족》은 내가 처음 본 영화였다. 아홉 살 때. 개 두 마리를 정말 좋아했다. 나폴레옹과 라파예트. 그리고 고양이는…… 고양이 이름이 뭐였더라? 말론? 몰로이?

이제 세 바퀴째 접어들었다. 자비에가 따라 붙었다. 바짝 붙은 건 아니지만 멀지도 않다. 넋은 현실이라는 고삐를 완전히 놓쳐 버렸다. 이제 더는 기억의 숲에서 헤매지 않는다. 대신 상상하기 시작한다.

광활한 사막이다. 우물가에 낙타 한 마리가 엎디어 있다. 큰 구름이, 우물가에, 한 남자와 한 여자가 누워 있다.
 개 옆에 커다란 노란 뱀이 보인다. 낙타와 개와 뱀만이 살아 있다. 바닥이 없는 깊은 우물이다. 물이 마른 우물이다. 죽음의 우물. 사막에서나 겪을 법한 찌는 듯한 더위, 가마솥 찌는 더위. 낙타, 잠이 든다.

낙타는 경주로를 달리고 있는 꿈을 꾼다. 이제 다섯 바퀴째 돌고 있다고. 낙타의 뒤에서는 이제 더 이상 뱀의 쉭쉭대는 소리

가 들리지 않는다. 낙타는 두 개의 혹을 등에 지고 있다. 척추는 곧게 뻗어 있다

　고양이의 이름은 …… 말레!

　개는 어디에 있을까? 우물 근처에서 남자와 여자를 지키고 있다. 하지만 부질없는 짓이다. 둘은 이미 죽어 있다, 고 영리한 낙타는 중얼거린다.

　"작은 새들이……."

순간 낙타는 멀리 뒤에서 나는 소란한 박수 소리를 듣는다. 누군가 큰 소리로 외치고 있다.

　"달려, 뱀아."

　원래 뱀은 달리지 못한다. 뱀은 기어 다닌다. 뱀들이 독을 품는다. 뱀들은 답답해한다. 뱀들이 함정을 판다.

　낙타의 발밑에 돌이 날아든다. 돌은 뒤쪽에서 날아왔다. 낙타가 비틀거린다.

　뱀들이 기뻐한다. 뱀이 기뻐 휘파람을 분다.

　하지만 낙타는 다시 일어선다. 두 개의 혹 안에는 아직 기력이 넘친다. 일어나서 다시 뛴다.

　이제 여섯 바퀴째다. 뱀과 낙타가 나란히 달리고 있다. 아우성이 들린다. 소리치며 뱀의 이름을 부른다.

"힘내! 자비에, 눌러 버려! 달려!"

마지막 직선주로이다. 정신이 힘을 얻어 현실로 돌아왔다. 들어 보라. 큰 소리로 뱀을 응원하는 다른 뱀들의 목소리를.
"힘내, 이길 수 있어, 이겨야지. 창피하게 무룡한테 질 거야?"
구경꾼들이 눈에 들어온다. 다섯 명은 족히 되겠다. 그네는 거의 미쳐 있었다. 그네는 내가 이기는 것을 싫어한다. 나는 이방인이니까. 라퐁텐느의 거북이, 로토의 낙타.
그러나 마지막 반전, 함성, 울부짖는 소리, 패거리의 절망.
나는 속도에 떠밀려 얼마간 더 달렸다. 활개를 쫙 펴고……. 자, 끝났다!

뒤돌아보니 자비에가 결승점에 들어오고 있었다. 무룡 낙타를 따라잡으려고 전력질주한 자비에는 탈진해 있었다. 자비에는 고개를 흔들어 땀을 털어 내며 천천히 걸었다. 놀라움과 고통이 뒤섞인 얼굴로 내게 축하한다는 말을 던졌다. 뱀이 이겼더라면 그 뒤는 얼마나 자연스러웠을까? 무리는 자비에의 어깨를 두드리며 위로했다.
"몸이 덜 풀려서 그래."
사무엘이 말했다. 삼킬 수 없는 쓰디쓴 패배를 변명하고 싶은 것이다.

나는 잘 알았다. 어제 저들은 나를 더 미워할 거라는 사실을. 자비에는 어깨 위에 얹힌 우정과 연민 어린 친절한 손들을 뿌리친 채 오 미터 전방의 땅바닥에 시선을 고정하고 있었다. 그 시선 끝에 내가 있다는 사실을 나는 알고 있었다.

무리 중 하나가 말했다. 공정한 평가였다.

"자비에 너도 최선을 다했잖아. 맞지?"

돌멩이 사건을 암시하는 것이다. 다른 애들이 웃어 젖혔다. 자비에도 웃었다. 기분 나쁜 내색 없이. 수치스러움마저도 무리에게는 결속을 다지는 도구일 뿐이었다. 자비에 페레이라는 수치를 느끼지 않았다.

나 또한 어떤 영광도 얻지 못했다. 오 미터쯤 거리를 두고 우리는 마주 보았다. 나는 짐승처럼 땀을 흘리고 있었다. 자비에는 반팔 소매를 끌어다가 얼굴에 흥건한 땀을 닦았다. 기절할 만큼 더운 날이었다.

"챔피언, 그런 재주를 잘도 감추고 있었구나."

자비에가 저만치에서 내게 말을 던졌다.

"난 챔피언이 아니야."

자비에는 고개를 가로저었다.

"그럼 내가 빌어먹을 놈이란 얘기냐?"

내 의도는 그게 아니었다. 하지만 이제 어쩌랴, 말이야 뱉어 버린 것을. 갑자기 자비에가 내 앞으로 와서는 내 팔을 잡았다. 나는 주먹이 날아올 거라 생각했다. 아니었다. 자비에는 나를 끌고 탈의실로 갔다. 심장을 한 방 얻어맞은 것 같았다. 절대 안 돼. 또 그런 일이 있어서는 안 돼…….

자비에도 그런 생각을 하는 것이 아니었다.

나는 수도꼭지로 달려가서 차가운 물을 몸에 뿌렸다. 찬 물방울들이 내 목으로, 등으로 흘렀다. 쇳물같이 뜨거운 땀이 흐른 자리에 찬 물방울이 흘러내렸다. 기쁨이 몰려와 기절할 것 같았다. 간지럼을 태워 죽인다면 지금 내 모습과 비슷하지 않을까.

자비에가 수도꼭지를 손으로 막아서 물을 뿌려 대고 있었다. 분수처럼 타일 바닥 여기저기로 물방울이 튀었다. 우리는 완전히 젖었다.

우리는 땀과 물에 흠뻑 젖었다. 운동화에 흙이 잔뜩 묻어 있었기 때문에 샤워장은 순식간에 진흙투성이가 되었다. 순간 무언가에 입이 찢기는 듯했다. 곧이어 세면장에 새된 웃음소리가 울렸다. 바로 내가, 배꼽을 움켜쥐고 입이 아플 지경으로 웃고 있었다.

"언제까지 못난 척하고 다닐 건데?"

자비에가 물었다. 어깨를 으쓱하는 것으로 대답을 대신했다.

난 멈출 수가 없었다. 웃음이 다시 터져 나왔다. 배에서 경련이 일었다. 갑자기 자비에가 등을 돌리고 몸을 숙였다. '뭐 하는 짓일까?' 생각했다. 자비에는 반바지와 운동화와 양말을 벗어 던졌다. 그리고 윗도리도 벗어서 한쪽으로 던져 놓았다.

나는 발작적으로 웃고 있었다. 나도 샤워를 하고 싶었지만 비누가 없었다. "나도 없어." 자비에가 대답했다. 그가 내게 다가왔다. 나는 펄쩍 뛰어 옆으로 물러났다. 자비에는 세면대를 가리켰다. 벽에 고정된 금속 막대에 노란 비누가 박혀 있었다. 두 손으로 비누를 붙잡고 망아지처럼 힘을 쓰더니 비누 조각 몇 개를 뜯어냈다. 자비에는 내게 한 조각을 던져 주었다. 나도 자비에처럼 옷을 모두 벗고 샤워기 밑으로 갔다.

학교 샤워장은 언제나 내게 고문실과 같았다. 내 몸은 언제나 내게 고통이었으므로. 방학 동안 세면장은 더운물이 나오지 않는다. 그러므로 방학 동안은 수치도 고통도 신경질적 발작이나 공포도 경주가 끝난 뒤의 꺼림칙한 오한도 없다.

그러나 지금은 당당하게 들어갈 수 있다. 나는 이겼다. 내 몸이 승리한 것이다. 내 몸은 이제 당당할 수 있다. 우리는 부들부들 떨면서 온몸에 비누칠을 했다.

자비에와 수영부 애들이 샤워하는 모습을 수영장에서 보았다. 하지만 그때 애들은 수영복을 입고 있었다. 뭔가 하나 입고 있는 것과 그렇지 않은 것 사이에는 큰 차이가 있다.

"다른 애들 소리가 안 들려."

어색한 분위기를 바꿔 보려고 내가 입을 열었다.

"다 돌아갔겠지. 우리를 기다리겠어?"

그 말에 마음이 한결 편해졌다. 나는 묻고 싶어졌다. 카페 라고에서 "내가 네 상대가 될지 모르겠다"고 했던 말은 무슨 뜻이었을까? 하지만 대답을 듣고 싶은 마음이 곧 가셨다. 그런 것은 이제 중요하지 않게 되었으니.

자비에가 세면장을 나갔다. 난 거기에 좀 더 머물렀다. 승리감과 함께 드물게 느낄 수밖에 없는 존재의 기쁨을 좀 더 맛보고 싶었다. 오 분이 흘러 나도 세면장을 나갔다. 탈의실로 들어서서…… 옷걸이 쪽으로 돌아섰다. 아무것도 없었다. 멋지구나. 참 재미있는 장난이지.

속옷조차도 없었다. 벌거벗은 채로 나가야 한단 말인가……. 내 옷은 밖에 어딘가에서 나를 기다리고 있을 것이다. 그리고 뱀들도 나를 기다리고 있을 것이다. 내 옷은 나무 위에 걸려 있거나 쓰레기통 속에 처박혀 있겠지.

나는 더 기다려 보았다. 냉혹한 현실에 부딪치는 순간을 조금이라도 늦춰 보려는 것이다. 밖에서 부르는 소리가 들렸다.

"속옷이라도 입고 싶으면 이리 나와!"

자비에의 목소리는 아니었다. 그러면 그렇지. 뱀들의 복수가 내 승리의 대가이다. 그네는 집에 돌아가지 않았다. 자비에의 수하들은 탈의실에서 숨죽이고 기다리고 있었던 것이다. 자기들만의 방식으로 자비에에게 작은 선물을 준비했던 것이다.

뱀은 침착하고 참을성이 있었다. 삼 년 전과 같은 장난인가. 그런데 이번에는 관객을 동원했다. 나는 밖으로 나섰다. 웃음소리, 박수 소리, 휘파람 소리, 승리자를 맞이하는 저들만의 축제였다.

머릿속이 텅 비어 버렸다. 나는 그 자리에 없었다. 단지 육신뿐이었다. 벌거벗은 몸이 걸어가고 있다. 나는 그들을 보지 못한다. 다만 그들을 통해 내 몸을 본다. 자, 다들 보라, 내 육신, 흉측하게 생긴 이 살덩어리, 이 동물성을.

그러나 아무 일도 없었다. 상황이 변해 버렸다. 갑자기 웃음소리가 뚝 멎었다. 그들의 계획이 실패한 것이다. 이 계략을 완성하려면 무룡의 수치심이 필요했다. 그러나 무룡은 그 자리에 없었고 하나의 육신만이 덩그러니 놓여 있었다. 그들의 얼굴이 붉어졌다.

자비에가 노예들의 머리 위로 쓰레기통을 집어 던지고 운동장 밖으로 달려 나간다. 노예의 무리도 뿔뿔이 흩어진다. 혼비백산한 것이다. 내가 헐크로 변한 것도 아니었는데.

나는 옷을 챙겨 입고 빈 운동장을 가로질러 집으로 돌아왔다. 집에 도착하니 다섯 시. 과자 한 통을 다 비우고 침대에 누웠다.

부모님이 들어오는 소리가 들렸다. 엄마가 내 방에 와서 잘 지냈는지 묻는다. "네, 아주 좋았어요. 달리기 시합에서 이겼어요" 하고 대답했다. 엄마가 축하해 주었다. 그리고 내 이마에 입 맞추었다. 열이 있는지 알아보려고 그러는 것이다.

8월 7일 토요일

방금 영화관에서 돌아왔다. 파브리스는 나를 데리고 액션 영화를 보러 가곤 했다. 오늘은 나 혼자 갔다. 폴란드 감독의 영화였다. 대단히 슬프고 또 대단히 느렸다. 사람을 홍분시키는 장면은 없었다. 하지만 나보다 더 어른스러운 사람들과 함께 극장에 있다는 생각 때문에 오히려 들떴다.

극장을 나서며 어떤 운명 같은 것이 내 머리에 떨어졌다. 나는 뒷사람이 나올 수 있도록 극장 문을 잡았는데, 바로 뒤따라오던 아가씨가 문턱에 발이 걸려 넘어질 뻔했다. 내게 안기는 형국이 되었다. 우리는 서로 쳐다봤다. 나도 그녀만큼 얼굴이 붉어졌다. 나는 멍청하게 물었다. "괜찮아요?" 그녀는 대답 대신 고개를 끄덕였고 미안하다고 말했다. 긴 금발이었다. 대학생

같았다. 정말 예뻤다.

나는 입을 열 수가 없었다. 파브리스였다면 그 순간에 상대를 웃게 할 수만 가지 화제를 찾아냈을 것이다. 하지만 나는 말 한 마디 못하고 꼼짝없이 그 자리에 서 있었다. 마치 벼랑 끝에 선 것처럼. 내 팔에 안긴 그녀는 웃었다. 그리고 가볍게 몸을 빼냈다. 그녀를 붙들고 싶었다. 하지만 그럴 용기가 없다는 것은 말할 필요도 없다. 그녀는 아랫입술을 살짝 깨물고 미안하다는 듯이 다시 한 번 살짝 웃고는 내게 등을 돌리고 멀어졌다.

나는 돌처럼 굳어졌다. 정신까지 돌이 되었다. 한마디도 건네지 못했다. 미안하고 고마운 내색을 표해야 하는 것은 오히려 내 쪽이었다. 그렇게 생각했으면서도…….

나만 한 샌님도 없으리라!

그녀는 거리 모퉁이로 사라졌다. 내 시야를 벗어났다. 극장에서 사람들이 모두 나가고 나서야 간신히 움직일 수 있었다. 사람들은 나를 신들린 무당쯤으로 생각했을 것이다. 아무것도 없는 데에 시선이 붙박여 복도에 돌처럼 박혀 있었으니. 나는 얼이 빠져 있었던 것이다.

그녀 때문만이 아니다. 기회가 내 앞을 스쳐 갈 수도 있다는 사실에 충격을 받은 것이었다. 나보다 대담한 보통 사람이라면 매일 얻을 수 있는 것이겠지.

극장에서 마지막으로 나오던 한 남자가 내게 옷을 밟고 있다고 일러 주었다. 발밑을 내려다보았다. 내 것이 아니다. 그녀가 어깨에 두르고 있던 것이다. 고급 모직으로 짠 보라색 스웨터였다. 가끔 엄마가 짜곤 했던 토끼털 종류일 것이다. 뒤따라 가기에는 이미 늦었다. 그녀는 지금 아주 멀리 있을 것이다.

그럼에도 불구하고 혹시 되돌아올까 봐 그녀가 사라진 길모퉁이에 가 보았다. 이런 스웨터를 잃어버리다니. 원래 건망증이 심하거나 정신이 나갈 만큼 내가 무서웠거나 둘 중에 하나일 것이다.

하루 종일 거리를 헤맸다. 번화가에서 극장까지 몇 번을 왔다 갔다 했는지 모른다. 밤늦게 나는 집에 돌아왔다. 부모님은 저녁 식사를 하고 있었다. 나는 걱정을 들었다.

집에 얘기도 하지 않고 늦게 돌아다니면 어떻게 하느냐, 전화는 어디에다 쓰는 물건이란 말이냐, 엄마가 얼마나 걱정했는지 아느냐, 꿀 먹은 벙어리처럼 서 있지 말아라, 신발 신고 부엌에 들어오지 말아라, 보라색 스웨터는 뭐냐.

그러게 말예요. 이 보라색 스웨터는 뭘까.

내가 뭣 하러 이걸 들고 있을까요.

추억 삼아? 무슨 추억? 어떤 추억?

만남에 대한 기대? 그것도 아니라면 우연을 희망하는 마음?

8월 9일 월요일

파브리스가 전화했다. 영국에서 돌아왔단다. 파브리스는 항상 유쾌하다. 그리고 같이 슈와제네거의 영화를 보러 가자고 했다. 나 혼자 극장에 가서 영화를 보았다는 얘기는 하지 않았다. 파브리스는 이해하지 못할 테니까. 뭐 그런 이상한 영화를 돈 주고 보느냐고 핀잔 줄 것이다. 나는 어깨에 그녀의 스웨터를 두르고 갔다. 그녀가 슈와제네거 영화를 볼까? 나와 같은 시간에? 같은 극장에서?

당연히 아니다. 그녀는 극장에 없었다. 영화가 시작되기 전과 끝난 후 실내등이 들어와 있을 때 조심스럽게 사방을 살폈다. 영화를 보는 중에도 종종 주변을 살폈다. 파브리스는 날더러 미쳤냐고 했다. 그 계집애 옷은 어디서 났느냐고 물었다. 난 파브리스에게 전부 말했다. 그는 이해하는 것처럼 보였다. 사실은 전혀 이해하지 못했겠지만.

"못 만날 거야" 하고 여러 번 말했다.

"무도장 같은 데를 가 봐야 해."

하지만 나는 고집을 꺾지 않았다. 스웨터를 가슴에 꼭 끌어안고 '내가 다시 찾을 거야. 꼭 다시 만나야 해' 하고 다짐했다. 내가 그녀의 옷을 가지고 있으니 그리고 이 향기가 스러지지 않고 있으니 꼭 만나야 한다. 어느 여름날 저녁 한 여인을 보고 내 심장이 쿵쾅거렸다는 사실을 잊기 전에 그녀를 찾아야 한다.

그녀의 향기로운 옷에 내 몸의 곰팡내가 배어 버리기 전에.

나의 냄새는 엄마가 열일곱 살 생일 선물로 해 준 백단향 향수와 찌든 담배 냄새, 섬유 유연제, 머리 냄새 그리고 고독의 냄새가 섞여 있었다.

내게는 외로움의 냄새가 짙다. 보랏빛 스웨터에서는 외로움이 느껴지지 않았다.

8월 10일 화요일

오늘 아침 한 시간을 달렸다. 철길 근처로 해서 부둣가 화물창고까지 달렸다. 라인 강을 따라 늘어선 미루나무 아래에도 그림자 한 조각 없었다. 내 몸이 괴로운 비명을 질러 댔다. 극장의 소녀를 생각했다. 고통이 좀 덜해진다.

백일몽 같으며, 전설 같고, 자장가 같은 그녀를 생각하면 나는 안식을 얻는다. 그러다가 재수 없게도 자비에와의 달리기 시합이 머릿속으로 끼어들면 목에 실타래가 걸린다.

몽둥이로 두들겨 패는 주인에게서 도망친 개가 된 느낌.

복종이 본능처럼 몸에 배어 더 멀리 도망갈지, 아니면 꼬리를 내리고 주인에게로 돌아갈지를 망설이는 개가 된 느낌이다.

8월 11일 수요일

자키 삼촌이 토요일에 온단다. 주말을 함께 보낼 것이다. 난 기쁨에 들떠 있다. 삼촌에게 무슨 말을 할까? 생각만 해도 가슴이 부푼다. 언제나처럼 아무 말도 않겠지만.

엄마는 직장 상사 때문에 스트레스가 심한 듯하다. 엄마의 상사는 폭군처럼 별것 아닌 일로도 윽박을 지르는 모양이다. 만약 이런 상태가 계속되면 우울증이 다시 발병할 것이다.

권태에 침몰한 엄마의 푸른 눈, 우울한 표정을 가리려 덕지덕지 성의 없이 뭉개 바른 짙은 화장, 눈물보다 더 쓰라린 공허한 웃음을 다시 보고 싶지 않다.

엄마는 오늘 저녁 집에 들어오자마자 손가방을 현관 바닥에 팽개쳤다. 화장품 세 개가 굴러 나왔다. 바닥에 부딪히며 깨진 것들도 있었다. 엄마는 현관 바닥에 되는대로 주저앉았다. 언제까지 저렇게 앉아 있을 심산일까? 아빠가 들어올 때까지 마냥 저러고 있을 것이다.

바쿠가 엄마의 볼을 핥았다. 나는 엄마를 부축해서 일으켜 세웠다. 엄마는 깨진 입술연지를 쓰레기통 속에 던져 넣었다. 그러고 현관에 있는 거울을 보며 머리를 정리한다. 언제나 이런 식이다.

"세상에, 꼴이 말이 아니네, 무롱 부인은 왜 이렇게 아무렇게 나 하고 다닐까?"

그리고 생명 없는 사물처럼 내게 미소 짓는다.

난 내 방으로 돌아왔다. 언제쯤이나 고래고래 고함을 치면서 제대로 신경질을 부릴 수 있을까, 우리 엄마는.

음반 하나를 넣었다. 그리고 음량을 최대로 키웠다. 엄마의 우는 소리가 들리지 않게.

보통 때는 내 또래 얼간이들이 그렇듯이 스카이록이나 NRJ를 듣는다. 그러나 마음의 동요가 심할 때는 찌간느, 체코 음악가들, 안달루시아 협주곡, 독일 낭만주의 또는 시벨리우스나 베를리오즈를 듣는다. 정신을 찢는 듯, 멀리 떠나 버린 듯, 초월한 듯한 소리들이다. 이 음반들은 시청각 도서관에서 빌렸다. 처음으로 빌려 온 것은 베토벤이었다.

이제는 조금 알 수 있을 것 같다. 옛날에는 피아노가 음악의 전부인 줄 알았다. 그리고 베토벤은 별 볼일 없고 재미도 없다고 생각했다. 옛날 에릭과 함께 피아노를 배우던 시절 얘기다.

지금 내가 다시 발견한 베토벤은 칭기즈칸의 백만 원정대처럼 풍요롭고, 장대하고, 강력하다. 베토벤을 피아노만 가지고 말하는 것은 너무 협소한 것이다. 장님 코끼리 만지는 격이랄까. 사람들이 나에게 거짓말한 것이다. 음악은 여리고 아름다운 것이 아니다. 음악은 힘이 넘치고, 가혹하고, 잔인하며, 난폭하고 사나운 것이다. 삶처럼 치열한 것이다. 바이올린처럼.

바이올린은 내 영혼을 찢어 놓는다. 그러면서 토끼털 가죽을 둘러 준다. 넘치는 생명력과 신경과 피와 살을 되돌려 준다. 진실과 힘과 난폭함을 동원해 신경질적인 삶의 부활을 일깨운다. 바이올린이 되고 싶다. 사람들에게 이 생각을 전할 수 있다면.

8월 13일 금요일
폭염이다. 바쿠는 공원 깊숙한 데 있는 개천에서 헤엄을 친다. 나는 오늘 달리지 않았다. 어제도 달리지 않았다. 너무 더웠고 집안 사정도 있었다. 엄마는 병가를 냈다. 결국 견디지 못하고 스스로 '바보 짓'이라고 부르는 자살을 기도했기 때문이다. 위를 깨끗하게 세척하고 나서 엄마는 집에 돌아왔다. 지금은 쾌활한 모습으로 뮐렌바흐 부인과 마당에서 수다를 떨고 있다. 내일 도착하는 자키 삼촌을 위해 크베치 파이를 만들면서.

하지만 나는 아직도 웃을 수가 없다.

8월 16일 월요일
주말 동안 입을 꼭 다물고 있었다. 한마디도 하지 않았고, 웃지도 않았다. 자키 삼촌이 현관에 들어서는 모습을 보면 나는 언제나 가슴이 메인다. 가방을 내려놓고 엄마와 인사하고 다음으로 나, 그러고 나서 아버지와 포옹한다. 그동안 바쿠는 삼촌의 다리에 붙어서 짝짓기 시늉을 하다가 아버지에게 혼이 나고서야 멀리 사라진다. 사냥감이라도 쫓듯이 냄새를 맡으며. 바쿠는 짐승이다. 나는 짐승을 사랑한다. 그 동물성이 좋다.

일요일, 점심 먹고 나서 우리는 라인 강변으로 산책을 갔다. 바쿠가 물에 못 들어가게 애를 썼다. 파도가 너무 거세게 치고 있었다. 하지만 바쿠는 물에 들어갔다. 본능이다. 삼촌은 나와 이야기를 나누고 싶어서 둔덕에 앉아 나를 기다리고 있었다.

우리는 운동 얘기를 했다. 내가 달리기를 한다니까 삼촌은 무척 반가워했다. 얼마나 자주 달리는지, 무슨 목적으로 달리는지는 묻지 않았다. 다행이다. 삼촌에게는 거짓말을 할 수 없으니. 대신 고등학교를 졸업하면 무엇을 할 생각인지 물었다.

함정 같은 질문이다. 이런 종류의 질문에는 준비가 되어 있지 않다. 삼촌은 다음 달에도 같은 질문을 들고 나타날 것이다. 뻔히 알면서도 나는 준비하지 않는다. 다른 애들이 위기를 모면하려고 얼렁뚱땅 둘러대듯이 법대나 과학기술원에 가겠다고 대답했어야 했다. 그러나 나는 아무 생각도 없이 "음악이요" 하고 대답했다. 그래, 음악을 하고 싶다. 음악이 직업이 될 수 있다면.

삼촌은 깜짝 놀란 눈으로 나를 바라보았다. 그리고 피아노를 다시 시작했는지 물었다. 나는 바이올린 얘기를 꺼냈다. 내 나이에 바이올린을 배우는 것도 나쁘지 않지만 음악원에 들어가기에는 좀 늦었다. 솔페지오부터 시작해야 할 테니까. 게다가 삼촌의 눈에 내가 대단한 열정을 지닌 것으로 보이지도 않았을 것이다. 나는 사실 음악 같은 것은 포기할 준비가 이미 다 되어 있었다. 저녁 시간에 식탁에서 삼촌이 바이올린 얘기를 꺼냈다. 삼촌은 아버지 월급의 삼 분의 일을 나의 음악 교육에 투자해야 한다고 주장했다.

"피에르가 바이올린을 배우고 싶어 하는군요. 저 나이 때에 하고 싶은 일이 분명하다는 건 다른 애들에게서는 기대할 수도 없는 일이에요."

내가 왜 음악을 시작해야 하는가에 대한 삼촌의 논증이 펼쳐졌다. 나는 어안이 벙벙해져서 삼촌에게 귀를 기울이고 있었다. 음악을 향한 나의 열정을 약간이라도 보여 줘야 할 것만 같은 분위기였다. 나는 삼촌을 높이 평가한다. 훌륭한 변호사다. 누구와 함께 대화를 하더라도 삼촌은 진지하고 비판적으로 경청하고 열정적으로 상대를 변호할 것이다. 바람직한 아버지는 바로 자키 삼촌 같은 사람이다. 최소한 내가 바라는 아버지 상은 그렇다.

이런 내 심정을 엄마가 안다면 많이 가슴 아파하실 것이다. 하지만 엄마도 대충 짐작하고 있겠지.

8월 17일 화요일
여름이 끝나 간다. 지난 학기 교과서들을 처분해야 한다. 그리고 다음 학기에 쓸 책들을 사기 위해서는 시내에 나갔다 와야 한다. 그리고 내년에도 학교를 다닐지, 일을 할지 생각해 봐야 한다. 삼 년 후에 죽겠다는 말을 하면 어떨까 생각해 본다. 혹시 직장을 구하지 않아도 되지 않을까?
 아니다. 결과는 처참할 것이다. 쉴 새 없이 질문을 퍼붓고 나서 내가 정신이 이상해진 줄 알고 정신과에 보내겠지. 엄마도 그 사실을 알게 될 테고 아버지는 내가 시선이나 끌어 보려고 정신병인 체한다고 생각할 것이다.
 자비에 소식도 파브리스 소식도 알지 못한다. 오랫동안 아무에게도 전화하지 않았다. 그리고 여전히 그 여인의 스웨터를 지니고 있다. 따뜻하다. 손에 땀이 밸 만큼.
 그날 이후로 단번에 내 머리는 비어 버렸고 내 몸은 더 이상 비명을 지르지 않았다. 달리기로 단련된 몸은 더 날렵해졌다. 기름 덩어리들은 모두 녹아 버렸고 이제 피부 위로 근육의 섬유

들이 보이기 시작했다. 이런 변화들을 나는 지켜보고 있었다. 그럭저럭 만족한 눈으로. 나는 점점 에릭과 비슷해지고 있다.

8월 18일 수요일

엄마는 아직도 병가 중이다. 엄마가 요즘 화초에 물이 부족하다며 하루 종일 화분에 물을 부어 대서 양탄자가 항상 젖어 있다. 그러더니 화초들을 죽였다는 자책이 엄마의 머릿속에 자리 잡게 되었다. 시든 잎들이 엄마 머릿속에 편두통을 심었다. 화분들은 모두 내 방으로 올려놓아야 했다. 예기치 않게 내 방은 숲이 되었다. 고사리, 송악, 열대침, 심지어 미제르*라는 화초도 있었다.

　내 방으로 이사 온 식물들은 병든 청소년기의 고통과 성장의 고통에서 뿜어져 나오는 유독하고 끈적한 공기를 마시고 살게 되었다. 나는 식물들이 시들어 가는 것을 보며 시간을 보낸다. 실제로 화초들은 시들어 가고 있는데 아버지는 아니라고 한다.

　네 시 사십 분 나의 게으름에 내가 지쳐 버려서 이제는 일없이 빈둥거리는 즐거움조차 누릴 수 없게 되었다. 하지만 내 안에 무엇인가 나를 붙들고 놓지 않는 것이 있다. 무언가 나를 꼼

*불쌍한 자라는 뜻

짝 못하게 하는 어떤 것이.

나는 꿈꾸는 비만증 환자가 된 것 같다. 식탐을 이기지 못하고 잔칫상 같은 자신의 식탁에서 일어나지 못하면서도 자신은 식사 후 안락의자에 앉아 있다고 착각하는 비만증 환자.

그래, 바쿠와 산책을 나가야겠다. 저녁 식사를 위해 빵을 좀 사 오고 돌아오는 길에 약국에 들러 엄마 약을 지어야겠다. 이웃집 여학생에게도 전화를 걸어야 한다. 내 교과서를 사겠다고 그녀가 먼저 연락했다. 나는 감히 그런 제안을 할 용기가 없다. 별스러운 일이 아닌 줄 잘 알지만 어쩐지 그런 일이 불편하다.

나는 혼자가 싫다. 에릭이 옆에 있었더라면 '우리' 둘이 달리고, '우리'가 교과서를 팔고, '우리' 둘이 테라스 후미진 곳에서 같이 담배를 피우고, '우리'가 바쿠와 산책하고, 개천가 아무 데서나 오줌을 누이고…… '우리' 둘이…… 거기 수달이 살고 있는 개천가에서.

'우리' 둘이 텔레비전을 켜고, 아버지가 퇴근하고 들어와서는 안락의자에 나란히 앉아 과자를 씹으며 멍청한 미국 드라마나 보고 있는 '우리' 둘을 발견하고.

너무 무겁다. 나 혼자로서는 이 삶이 너무 버겁다.

무엇을 하려고 이 일기를 쓰고 있는지 모르겠다. 나를 어디다 써먹어야 하는지도 모르겠다. 하지만 일기는 계속될 것이다. 왜

사는지는 모르지만 최소한 왜 쓰고 있는지는 알고 있다. 미다스 왕의 이야기 때문이다.

미다스 왕에게는 수치스런 비밀이 있었다. 한 종이 그 비밀을 알게 되었다. 종은 입을 다물고 있을 수가 없어서 땅에 구덩이를 파고 그 구덩이에다 미다스 왕의 비밀을 말했다. 종은 그만하면 잘 감추었다고 생각했다. 그 땅에 풀이 자라자 바람이 종의 말을 세상에 전하고 다녔다. "임금님 귀는 당나귀 귀!"

이 공책은 나의 구덩이이다. 나는 세상으로부터 멀어지는 내 비밀들을 매일 이 구덩이 속에 묻는다. 어느 날 내가 이 세상에서 사라지게 되면, 이 구덩이는 내 비밀과 고통을 세상 사람들의 귀에 들려줄 것이다. 미다스 왕의 귀가 아니라도 언젠가 나를 이해하는 사람의 귀에 전해지길 바랄 뿐이다.

나는 어둠에 묻힌 자, - 짝을 잃은 자, - 위로받지 못한 자,
유폐된 망루에 사는 아키텐 왕자 :
내 단 하나의 별은 죽었다, - 그리고 별자리 총총한 나의 류트는
우수의 검은 태양을 품는구나.

네르발, 〈상속받지 못한 자〉

9월 1일 수요일

일주일 동안 한 줄도 쓰지 못했다. 그동안 병원에 있었다. 주변 사람들이 하는 말에 따르면 나는 병들었다. 마음대로 말하라고 내버려 두자. 나는 일요일에야 퇴원했다.

어제 파브리스가 문병 왔다. 싸이코 공포 영화의 정신과 의사 흉내를 내며 창문턱에 걸터앉아 얼토당토않은 질문을 해 댄다. 파브리스의 환자 역은 맡고 싶지 않았다. 파브리스와 내 방은 어울리지 않는다. 바쿠가 들어와서 파브리스의 손을 핥는다.

신경이 곤두섰다. 신경질이 발작처럼 일었다. 왜 그랬는지는 모르겠다. 나는 거칠게 팔을 휘둘렀고 침대 머리에 있던 세 발 탁자가 넘어졌다. 파브리스가 애처럼 서투르다며 웃었다. 나는 부르르 떨고 있었다.

파브리스를 노려보는 눈에는 광기마저 어렸다. 파브리스는 내 팔을 붙들고 깃발 흔들듯 흔들어 대며 나를 진정시키려고 횡설수설한다. 과장되고 유치한 말들, 삼류 드라마에서 배운 삼류의 말들이다. 하나도 감동적이지 않았다.

파브리스가 돌아갔다. 나는 완전히 지쳤다. 지쳤다는 말은 이런 경우에 사용하는 것이다. 지친 만큼 사랑의 열망이, 더 이상 살고 싶지 않은 열망이 더 커진다. 하지만 이번에는 실패했다.

기다려야 한다. 하지만 삼 년이라니 너무 길다. 견디기 어렵다. 어떤 방법으로든 지금 당장에 매듭을 지어야 할까?

나는 되돌아보지 않는다. 파브리스는 잘못 이해하고 있다. 날더러 과거를 너무 되새긴다고 말했다. 그냥 되는대로 내버려 두라고 한다. 바보 같은 소리! 과거를 되새기는 것이 아니라 생각하는 것이다. 내가 만약 생각하기를 멈추면 죽고 싶은 욕망은 더 커질 것이다. 텅 빈 육신이니까.

나와 이 세상 사이에서 어떤 필연적인 연관을 찾을 수 없다. 이 땅에 있는 어떤 것도 나와 필연적으로 연결되어 있지 않다.

내 속에서 일어나는 부패를 끝내는 것 말고는 다른 수가 없다. 부패는 천천히 작용하는 독이다. 내 속은 썩어 가고 있다. 병원에서는 진정제를 처방했다. 차라리 부식제를 처방했더라면 좋았을 것을! 단번에 전부 비워 버릴 수 있는데. 전부 정리할 수 있는데.

병원에서 위세척을 했지만 아직도 뱃속에 끈적한 독약이 남아 있는 것 같다. 스스로 치유할 수밖에 없다. 고통의 근원을 끊어 내야 한다. 내 존재를 끊어 내야 한다.

때로 소리가 들린다. 사람들 소리, 발소리, 숨소리, 탄식 소리. 마치 내 머릿속에 내가 알지 못하는 도시가 있어 그 거리에 사람들이 살고 있는 것처럼.

벽 너머에 살고 있는 사람들의 울음 소리, 말소리, 전화 통화 하는 소리…… 벽이 이 모든 소리를 내게 흘려보낸다.

돌아가고 싶다. 저 벽 너머가 아니라, 그 이전의 세계로.

나는 소리친다. 구조 신호를 보낸다. 이 부패의 골짜기에서 구해 달라고. 나의 삶이며, 나 자신인 이 부패로부터 구해 달라고. 공포와 두려움에 사로잡혀, 나는 거기 처박혀 있다.

9월 5일 일요일

이틀 뒤면 개학이다. 내 속은 정말로 곰팡이가 슬어 가고 있다. 나는 아침마다 달린다. 그래도 아무것도 달라지지 않는다.

1학년 교과서를 전부 이웃집 여학생에게 팔았다. 참한 여학생이었다. 예쁘기도 했다. 아마도 스스로 더 잘 알고 있으리라. 내가 다가갈 수 없는 부류의 여학생이다.

그 친구는 운이 좋은 것이다. 거의 새것이나 다름없는 책들을 싼값에 사게 되었으니. 사실 비싸게 부르기가 무서웠다. 그러면 여학생은 흥정하려 들 테니까. 이유는 모르겠지만, 나는 흥정을 두려워한다.

그녀는 아마도 나를 얼뜨기로 알았을 것이다. 아닐까? 하지만 그런 부류의 여자애들은 자기 생각을 감추는 법을 알고 있을 뿐만 아니라, 나 같은 바보에게는 친절하기까지 하다. 그리고 뒤돌아서서는 비웃겠지.

그런데 나는 왜 그 여자애를 생각하고 있는 걸까? 나를 어떻게 생각하는지가 뭐 그리 대단하다고? 그런 것은 지금 내 앞에 놓인 문제를 해결해 주지 못한다. 아버지는 "무슨 문제?" 하고 말하겠지만.

아버지는 우리가 너무 조용한 가족이란다. 형은 죽었고, 숙모도 죽었고, 엄마는 테메스타*를 먹고 살고, 나는 렉소밀*을 먹고 산다고.

아빠가 이렇게 말할 때마다 엄마는 반사적으로 고개를 끄덕인다. 머리와 몸통이 스프링으로 연결된 플라스틱 개 인형처럼. 엄마의 공허한 눈은 일정하게 흔들린다. 엄마의 눈은 살려 달라고 외치고 있다.

9월 6일 월요일
방학이 끝났다.

내일 여덟 시면 개학이다. 무슨 부조리한 낱말인가? 어디로

---
* 항우울제. 피로감, 수면욕을 유발한다. 현기증과 구토를 동반할 수도 있다.
* 신경안정제. 정신이 몽롱해지며 졸음이 온다. 계산 활동을 할 수 없다.

열린단 말이지? 열어 준다기보다 자유를 박탈하는 데에 더 가깝지 않은가? 그러나 내겐 자유 같은 것은 필요하지도 않다.

오후 네 시다.

교과서 세 권을 샀다. 철학, 생화학, 영어.

다른 과목은 헌책방에서 찾을 수 없다. 교과서가 개정되었기 때문이다. 내가 배운 과목들을 보자니 마음이 아프다. 내일이면 반 편성이 공지될 것이다. 하지만 나는 이미 결과를 알고 있다.

자비에를 만났다. 시장 상인들처럼 교과서를 흥정하고 있었다. 내 팔이 부서지도록 꼭 잡으면서 좀 나아졌느냐고 묻는다. 혹시 내가 쎄씰을 아는지 묻는다. 쎄씰은 촉촉한 눈동자로 자비에를 바라보던 여자애이다. 자비에는 시키지도 않았는데 내 영어 교과서를 대신 흥정했다. 나는 수치심에 하얗게 질렸다.

패거리들이 자비에의 주변에 모였다. 수영부의 멍청이들이 새해 계획에 대해 떠들어 대고 있었다. 사무엘은 군인이 되겠다고 한다. 대학입학자격시험이 끝나면 군에 입대하겠단다.

사무엘의 계획은 남성적이었다. 그의 말을 듣는 순간 나는 달리고 싶은 충동을 느꼈다. 집에 돌아오자마자 나는 팔 킬로미터를 달렸다. 사무엘 때문인지, 호흡 조절을 잘못했기 때문인지 모르겠지만 옆구리에 통증이 느껴졌다. 약 한 시간 동안 늑간통이 가시지 않았다. 송곳이 박힌 것 같았다. 나는 기어서 집으로 돌아왔다. 피곤했다.

    성적이 그저 그런 고등학생들에게 개학은 언제나 작은 지옥이다. 내게는 그들과 다른 이유로 그렇다. 학업 따위가 문제 되지 않는다. 정반대의 이유이다.

9월 7일 화요일
자정 즈음이다. 프랑스의 모든 학생들이 그렇듯 나도 학교에 가서 수업을 들었다. 자비에 페레이라는 또 우리 반이다. 4학년 때부터 매년 그렇듯…….

    반 편성의 저주가 미리암에게 다가갈 힘을 주었다. 미리암은 우리 동네에 산다. 지난여름 아침에 뛰다가 마주친 그 여자애다. 검은 옷에, 망사 장갑을 끼고, 짙은 색 입술연지를 바르고 귀에 이어폰을 꽂고 있었다. 우리가 처음 알았던 6학년 때, 미리암은 긴 머리를 단정하게 묶고, 공책에 조랑말 그림을 붙이면서 좋아하던 아이였다.

    졸업반 이학 1과는 총 서른다섯 명이다. 그중 다섯 명이 여학생이고 미리암은 그중 한 명이다. 본능적으로 여자애들은 몰려 앉았다. 나는 그 뒷줄에 앉았다. 말거리가 되겠지만 신경 쓰지 않는다. 자비에 근처에 있는 것보다는 훨씬 나으니까.

선생님들은 거의 바뀌지 않았다. 프랑스어 수업이 없는 것은 유감이었다. 그래도 프랑스어 선생을 다시 안 보는 것은 잘된 일이다. 선생은 내 글을 좋아하지 않았다. 젊은 철학 선생이 새로 왔다. 목요일 아침에 첫 수업이다.

오늘 정신없이 뛰어다녔다. 새 책과 공책, 방안지 그리고 계산기에 끼울 건전지를 사야 했다. 전지는 이번 여름 완전히 방전된 모양이다. 6월 어느 날엔가 전원을 끄지 않고 이때껏 방치한 탓이다. 단지 남들처럼 행동해야 한다는 생각으로 이 모든 고역을 치러 냈다.
　아버지는 나를 격려한다. 개학이 내 건강에 유익할 거라고 믿는 모양이다.

9월 9일 목요일
철학 선생이 칠판에 적어 준대로 어제 데카르트의 《철학적 성찰》과 플라톤의 《향연》을 샀다.
　하루 종일 표지의 제목만 쳐다보고 있었다. 그 이상은 읽히지 않았다.
　오늘 아침, 첫 철학 수업이 있었다. 선생은 서른이 갓 넘어 보였지만 뿔테 안경 너머로 눈자위는 벌써 거무스름했다. 선생은 학생들이 철학 과목에 정이 떨어지게 하고 싶었나 보다. 우리는 앞으로 수백 시간 동안 선생이 정리한 개념들을 머릿속에 채워 넣어야 할 것이다. 대학입학자격시험에서 잘 토해 낼 수 있도록.

여드름이 가득 핀 이과 학생들에게 이런 식의 두뇌 운동이 달가울 리 없었다. 어쨌든 선생님은 수업 시간 내내 학생들을 조용히 시키는 데는 성공했다. 우리 머릿속은 순식간에 뒤죽박죽이 되어 버렸다. 마치 선생이 외국어라도 하고 있는 것처럼 나는 주의를 기울여 들어야 했다. 선생의 프랑스어는 우리가 일상에서 쓰는 프랑스어가 아니었다. 나는 맨 앞 줄에 앉아서 철학 개념의 폭탄들을 온몸으로 받아 냈다.

다른 이야기 하나. 수학 시간에 여자애들이 쪽지를 주고받고 있었다. 줄 끝에 앉아 있던 키 큰 검정머리 레옹스가 쪽지를 낚아챘다. 레옹스는 쪽지를 여자애들 코앞에 흔들어 대며 도망을 다녔다. 여자애들은 쥐라도 나타난 것처럼 비명을 지르며 레옹스를 쫓아다녔다. 레옹스는 여자애들과 밀고 당기며 쪽지를 읽어 나갔다. 남자애들의 이름이었다. 내 이름도 있었다. 나중에 미리암에게 그게 무슨 쪽지였는지 물어보았다. 하지만 미리암은 키득거릴 뿐 대답하지 않고 문과반 친구들을 따라갔다.

정오에 식당에서 파브리스를 만났다. 식당에서 레옹스가 내게 쪽지를 보여 주었다. 화살표 여러 개가 내 이름을 향하고 있었다. 화살표는 나도 모르는 여자애들의 이름에서 출발하고 있었다.

"너에게 관심을 가진 여자애들의 숫자가 거의 팬클럽 수준인데?"

"그게 무슨 소용이야. 난 엄두도 못 내는데."

"걱정 집어치워! 해보는 거야! 잘 해봐라!"

파브리스는 주먹을 불끈 쥐어 보이면서 나를 격려했다. 흥미로운 일이라고 생각했다. 파브리스의 격려에 힘입어 나는 식당에 가 보기로 했다. 거기에는 미리암과 미리암의 친구들이 있었다. 문과 애들이라 그런지 좀 개성 있는 입성이다. 예술하는 애들은 뭐가 달라도 다르다.

커피 기계로 가는 동안 여자애들이 내내 나를 쳐다봤다. 나는 벌거벗은 것 같았다. 올 여름, 학교 운동장에서처럼. 식은땀이 비 오듯 흘렀다. 겨드랑이가 젖는 것을 느낄 수 있었다. 나는 말 한마디 걸지 못하고 밖으로 나왔다. 난 부들부들 떨고 있었다.

나의 몸이 자신의 존재감을 드러내기 시작했다. 나도 모르는 새 매력을 발산하더니, 제멋대로 작동한다. 구슬 같은 땀을 뻘뻘 흘리며, 싸워 보기도 전에 후퇴한다. 프랑켄슈타인. 인간을 흉내 내는 수줍은 괴물.

이번 기회에 어떤 부류의 여자애들이 내게 관심을 가지는지도 알았다. 두꺼운 안경을 쓴 모범생들, 엄청나게 두꺼운 책을 옆에 끼고 다니는 여자애들이다. 나쁘지 않다. 아니, 그게 더 낫다. 만족해야 할 것이다. 내 몸에 대해서도 이제는 만족해야 할 것 같다.

내 몸은 보상을 받을 자격이 있다. 요 칠 년 동안 키도 더 컸고 살도 많이 빠졌다. 그 과정에 많은 고통을 겪었으니. 내 정신은 상상할 수 있는 모든 방법으로 몸을 괴롭혔다. 몸의 존재조차 없애 버리려고.

불쌍한 나의 몸!

9월 15일 수요일

머릿속에 온통 음악 생각뿐이다. 엄마에게 바이올린 얘기를 꺼냈다. 좋은 생각이란다. 아빠도 그동안 죽 생각하고 있었다고 한다. 학교 공부에 지장을 주지 않는 한에서 찬성이라고 한다.

토요일에 옛날에 내가 다니던 음악원에 등록하러 갔다. 음악원은 쥐프 거리의 성당 뒤에 있다. 나는 옛날에 쓰던 솔페지오를 지하실에서 꺼내서 잠깐 들여다보며 첫 수업을 기다린다.

체육 시간 후에 자비에와 다퉜다. 샤워장에 들어가자 자비에는 올 여름에 있었던 일이 떠올랐던 모양이다. 자비에는 신나게 떠들었지만, 관심 있는 애들은 없었다. 나는 자비에에게 입 다물라고 했다.

"왜 점잖 빼는 거야?"

녀석은 팔꿈치로 내 옆구리를 쿡 찔렀다. 바보 같은 놈이다. 우리는 친구가 될 수 없다. 우리는 서로를 피해 다니니까. 그런데도 그는 나에게 집착한다. 우리는 적도 아니다. 하지만 나는 자비에가 두렵다. 가끔 자비에도 나를 두려워한다는 인상을 받는다. 정말 이상한 일이다.

9월 17일 금요일

아, 이 더위!! 지옥의 용광로가 따로 없다. 만약 드라이어 씨가 불룩한 배를 내 침대 모서리에 받쳐 놓고 있다면, 글 쓰고 있는 나를 바라보며 사투리를 섞어 이렇게 말했을 것이다. '이럴 때 나는 섣달 그믐날 눈 덮인 산속에 발가벗고 앉아 있다고 상상한단 말이여. 이것이 거 뭣이냐, 마인드 콘트롤이라는 것이제.'

나는 학교에서부터 집까지 줄곧 달려왔다. 심장마비 일으키기 제격이다. 나는 진짜 낙타가 되어 가는 것 같다. 바람 한 점

없고, 뜨겁게 태양이 내리쬐는 날, 물 한 모금 마시지 않고도 달릴 수 있다. 오히려 내 몸이 나를 압도한다.

밤이 올 때까지 아무 생각 없이 시원한 그늘에 앉아 쉬고 싶다. 하지만 그럴 수 없다. 끊임없이 생각한다. 에릭, 엄마, 아버지, 나의 애정 결핍, 대인기피증…… 악마가 춤을 추며 우리 집을 돌고 있다. 어떻게 끝낼 수 있을까? 끊임없이 이 문제를 생각했고, 생각하고 고민한다.

이미 학교생활에 지쳤다. 매일 엄청난 숙제가 쏟아진다. '고3이잖아!' 하고 사람들은 말한다. 마치 맹목적인 일상에서 우리를 구원해 주는 마법의 주문이나 되는 양.

매일 아침, 잠에서 깨어나면 자리에서 일어나야 할 이유를 찾아 본다. 성공한 적은 없다. 그럼에도 나는 일어난다.

9월 19일 일요일
어제 음악원에 등록했다. 내가 나서서 어딘가에 등록하는 일은 이번이 처음이다. 피아노, 수영, 고등학교 모두 내가 선택한 것이 아니었다. 수요일 오후 다섯 시 첫 수업이다. 꿈만 같다.

기뻐서 펄쩍펄쩍 뛰었다면 거짓말일 것이다. 호기심 반 두려움 반이었다. 당장에 바이올린을 잡아 볼 수는 없다고 했다. 먼저 솔페지오 시험을 봐서 어느 정도 수준인지 알아야 한다고. 선생님은 피아노를 다시 시작하는 것이 어떠냐고 권했다. 그게 더 쉽지 않겠느냐고. 나는 예의상 생각해 보겠노라고 대답했다.

답은 이미 나와 있다. 바이올린이다.

스트라스부르의 토요일 오후, 정신은 길을 잃기 십상이다. 구텐베르크 광장에 닿았을 때쯤 거의 녹초가 되어 있었다. 클레베 광장까지 군중 사이에서 떠밀리며 상가가 모여 있는 거리를 지났다. 거의 유령처럼 걷고 있었지만, 감각은 예민하게 깨어 있었다. 우연일지라도 지나가는 사람과 살이 닿으면 소름이 돋았다. 누군가 쳐다보면 나는 얼굴이 붉어졌다.

다른 이들처럼 사랑하고 싶다. 다른 이들보다 더 간절히. 내 다리가 달리기 위해 있는 것처럼, 나는 사랑하기 위해 있는 것 같다. 지금 나는 모두를 좋아한다. 다시 말하면 아무도 좋아하지 않는다는 뜻이다. 그 정도 감정이면 사회생활에 큰 문제를 일으키지는 않는다. 병적인 수줍음에도 불구하고 다른 사람을 만나고, 허약하나마 관계를 유지하는 것은 그 덕이다.

하지만 나의 욕망은 그 이상을 원한다. 나는 한 사람의 것이고 싶다. 한 사람이 나의 것이길 원한다. 단 한 사람의 손이 내 어깨 위에 있었으면 좋겠다. 그리고 다른 어떤 것도 원한다. 여기에 차마 적을 수 없는 것을.

사랑하고 싶음과 지칠 때까지 달리고 싶음. 둘은 같다.

9월 21일 화요일

네 번째 철학 시간. 첫 시간은 '쉽지 않구나' 하는 정도였지만 이제는 '우리가 돼지인가' 하는 지경이다. 나는 이 용감한 형이상학의 병사, 철학 선생의 용기를 존경한다. 뒷줄에서 들리는 코 고는 소리도 선생의 용기를 꺾지 못한다. 선생은 코 고는 뒷줄을 '페레이라 줄'이라고 부른다.

선생은 열정적으로 철학사를 강의했다. 똑같이 생긴 콘크리트 건물 안에서 알지 못할 그리스 문자를 칠판에 써 가며 열정적인 몸짓까지 더했다. 개라도 관심을 가질 만한 열기였다.

낯선 낱말들을 이해하려고 노력하자, 믿을 수 없는 일이 벌어졌다. 앞서 말한 철학의 어려움과 비교하면 말도 안 되게 순식간이었다. 철학자들의 사유 속에서 여태까지 나 혼자만의 생각일 뿐이라고 믿었던 것들을 발견한 것이다.

철학 시간이면 나의 정신은 세상 밖 다른 세상을 여행하는 것만 같다. 선생의 강의가 귓가에서 메아리치며 내 뱃속까지 공명한다. 그럴 때면 나는 비로소 세상으로부터 멀리 떠나와 의미로 가득 찬 진실의 해안에 닿은 듯하다. 때로는 놀라움으로 머릿속이 멍해지기도 하고, 두려움에 질려 있던 내 속의 어디에서인지 모르겠지만 용기가 솟아나는 것마저 느낀다. 내 옆에 앉은 미리암은 교과서 여백에 드라큘라를 그리고 있다.

우리 반 아이들 대부분은 깊은 권태 속에 잠겨 헤매고 있다. 단지 철학의 난해함 때문이 아닐 것이다. 선생님 말씀대로 끝없는 '존재론'적인 고통과 권태 때문일 것이다.

서른여섯 명의 청춘이 뜨거운 교실 안에 갇혀 보내는 청소년기, 불안의 땀내가 더해진다……

때로 창문을 통해 싱싱한 풀 냄새가 날아오고……
뜨거운 덤불에서 흰 나비 한 마리 날아오르고……
꿀벌들이 웅웅대고……
하늘은 구름을 펼쳐 놓고……

"진정한 삶은 다른 곳에 있다."
이 말은 너무 당연해서 설명할 필요조차 없지 않은가.

9월 22일 수요일

음악원에서 방금 돌아왔다. 잘한 것 같다. 바이올린 선생님은 오십대쯤 되어 보이고 배가 불룩한 중년 신사이다. 진지하면서도 마음이 따뜻한 분이다. 평생을 음악만 바라고 살아왔다는 것을 첫눈에도 알 수 있었다. 귀밑머리는 하얗게 새었고 머리는 약간 벗겨졌다. 친근하고 솔직한 분이다.

어떤 이유로 칠 년 만에 음악을 다시 시작하는지 물었다. 난 감했다. 사실대로 말한다고 해도 믿지 않을 것이다. 그래서 피아노가 싫어서 그만두었지만 음악 없이는 살 수 없다는 것을 깨닫는 데 칠 년이 걸렸다고 대답했다.

악보 읽기 시험이 있었다. 끔찍한 수준은 아니었다. 시험이 끝나고 진짜 바이올린을 만져 볼 수 있었다. 현의 섬세함이라니, 그토록 섬세할 줄은 생각지도 못했다. 때론 아주 부드럽고 따뜻하게, 때론 가늘고 슬프게, 때론 분노로 치를 떨듯 현이 울었다. 내 손에 바이올린이 닿자 이 가는 소리와 죽어 가는 염소 소리가 났다.

미로처럼 복잡한 음악원은 사람들로 가득했다. 학교도 안 들어갔을 것 같은 어린애들부터 청소년, 성인, 노인들까지 모든 나이 대의 사람들이 거기 있었다. 피아노 수업이 가장 인기 있었다. 음악원은 내가 상상했던 것보다 훨씬 시끄러웠다. 사람들은 웃고 떠들고 유쾌한 목소리로 서로 인사했다. 수영장 탈의실과는 천지 차이였다!

이곳이야말로 교양 있는 사람들이 모이는 곳이다. 자신이 왜 이곳에 있는지 분명히 알고 있는 사람들. 어떤 경쟁심도 품지 않는 사람들. 독재자 같은 선생에게 핍박당하지 않는 사람들이 여기에 있다.

처음으로 나는 사람들 틈에서 편안함을 느꼈다. 부모님께 그렇게 말하자, 안도의 한숨을 내쉬었다. 이제 부모님은 마음을 놓는 것 같다.

의사가 지시한 대로, 자기 전에 약 먹는 일을 거르지 않는다. 나는 꼬박꼬박 학교에 간다. 아이들과 어울리는 척도 한다. 이만하면 어느 정도 정상으로 비칠 것이다. 그들은 뒤틀리고 여윈 나의 정신은 보지 않는다. 내게 관심이 없는 것이다.

10월 5일 화요일
방 한구석에서 하얀 초가 천천히 타고 있다. 양초 냄새가 좋다. 손을 가져다 대면 온기가 느껴진다. 나는 다른 조명을 모두 끈다. 아몬드 혹은 코코넛 향이 나고 이국적으로 보이는 두꺼운 초이다. 미리암이 선물한 것이다. 공식적으로 내 새 친구가 되었다. 언제부터? 미리암이 왜 내게 친근하게 대하는지 모르겠다. 우리는 말이 잘 통한다. 사실이다. 서로 의지할 수 있는 데가 있다. 하지만 때로 미리암이 나를 미래의 애인으로 생각하는 것 같은 느낌을 받는다.

오늘 미리암과 전쟁 영화를 보기로 했다. 나는 전쟁 영화를 많이 본다.

집에서 극장까지 달렸다. 한 육 킬로미터쯤 된다. 땀에 젖어 극장에 도착했다. 땀 냄새가 났을 텐데 미리암은 개의치 않고 내 옆에 앉았다. 별로 거슬리지 않는 것 같았다. 집에 돌아올 때도 달렸다. 버스를 타는 것보다 달리는 것이 더 편하기도 하고 빠른 것 같다. 피곤했지만 상쾌한 피로였다. 건강하고 묵직하고 완전한.

방 안에 가득 찬 열기가 나의 요람을 흔들며 나를 감싸 안는다. 양초의 향기에 취했다. 눈을 감고 그려 본다. 왼쪽에 있는 초와, 오른쪽에 있는 창문, 그리고 편안하게 누워 있는 나. 수양버들을 흔드는 바람 소리가 들린다. 나는 이불 속에 파묻힌다. 새끼 고양이처럼 똥개 무릎이 잠든다. 향기로운 열기 속에서 내 피부에 내 손이 닿는다. 누가 나를 쓰다듬어 줄까?

10월 11일 월요일

오늘 저녁은 나 혼자다. 내일도 그리고 그 다음날도, 이번 주 내내 혼자 있어야 한다. 부모님은 휴가를 떠나셨다. 휴가철이니까.

바쿠와 산책을 하고 학교에 갔다가, 달리고, 영화 보고, 또 바쿠와 놀고, 숙제하고, 미리암과 통화하고…… 외출할 핑계가 이제 없다. 엄마의 울음 소리를 묻어 둘 음악이 필요 없으니, 대출할 음반도 없다.

이번 주 내내 우리 집에는 나와 바쿠뿐이다. 얼마나 편한지! 지금이 너무 좋다. 나를 못 견디게 만드는 것은, 바이올린 수업도 방학이라는 사실 하나뿐이다. 벌써 수업을 세 번 받았다. 얼마나 편안한지. 그 조용하고 차분한 분위기…… 선생님은 내게 듣는 귀가 많이 나아졌다고 말씀하셨다.

참! 미리암이 전하기를 어떤 여학생이 나를 만나고 싶어 한단다.
영어 시간이었다. 워낙 돌려서 말을 해서 알아듣는 데 십오 분은 걸렸다. 여자애들은 나보다 더 복잡하다!
이름은 쥬느비에브, 문과 졸업반이라고 했다. 하지만 나는 모르는 친구다. 미리암이 운동장 너머로 누구를 가리켰다. 긴 갈색 머리 여학생이었다.
자세히 볼 수는 없었지만 그 후로 나는 쥬느비에브가 나타날 만한 데는 피해 다녔다. 그 애가 나를 볼까 봐. 언제나 이처럼 바보 같다.

10월 14일 목요일

어제 음악원에서 이상한 사람을 만났다. 아마 피아니스트인 것 같다. 옛날 은사님을 만나러 오는 것이었다. 띄엄띄엄 들은 바에 의하면, 파리에 사는 듯하다. 음악예술원에 관한 이야기도 들렸다. 무슨 일을 하는지는 모르겠다. 아마 강의를 하겠지.

하루는 연습실에서 피아노를 치고 있었다. 학생들이 하나 둘 연주를 멈추었고 얼마 지나자 그의 피아노 소리만 남았다. 그가 피아노를 치고 있는 연습실 문 앞으로 사람들이 모여들었다. 나도 그 방 앞으로 갔다. 아무도 감히 문을 열려고 하지 않았다. 무슨 곡인지는 모르겠지만 아름다웠다.

이전에 '피아노는 한계가 있다'고 했던 말을 취소해야겠다. 그의 피아노는 풍부했고 깊이가 있었다. 수평선이 열리듯이……. 그가 갑자기 연주를 멈췄다. 그러고는 기계적으로 건반을 눌렀다. 〈엘리제를 위하여〉에 노랫말을 붙여 흥얼거렸다. 문앞에 모인 사람들은 키득대며 웃었다.

몇 살쯤 되었을까? 서른? 마흔? 아니다, 그보다 젊다. 하지만 무슨 상관이랴. 이상한 사람이라고 했지만 어떻게 이상한지는 표현할 수가 없다. 키가 크고 그리고 얼굴에 무언가…… 무언가…… 정확하게 뭘까……?

그는 아름답다. 바로 그거다. 그는 아름답다.

아니다. 다른 무언가가 있다. 웃을 때 그의 눈과 연주하는 그의 손은…….

다음 주에도 올까? 어쩌려고? 나는 무엇을 기대하는 걸까? 이러는 내가 정말 이상하다는 생각이 든다.

10월 16일 토요일

파브리스와의 우정의 끈은 천천히 풀려 가고 있다. 우리는 진실로 쓸 만한 대화를 한 적도 없었다. 파브리스는 미리암이 내 애인이라고 생각했다. 그리고 내가 그 사실을 자기에게 감추고 있다고 생각했다. 얼마나 유치한 생각인지!

그리고 내게 감추는 것이 너무 많다고 말했다. 아무것도 말하지 않는다고. 그리고 친구를 그렇게 대하는 건 아니라고 했다.

나는 아무것도 감추는 것이 없다. 죽음에 대한 계획 외에는 감추는 것이 없다. 친구로 말하자면 나는 파브리스와 미리암 이외에 다른 친구는 없었다. 이 사실을 설명하려고 애를 썼지만 내 말을 믿는 것 같지 않았다.

확신을 주지 못한 모양이다. 아니면 내 마음속에 울리고 있는 말을 들은 것일까?

'사실이야, 파브리스. 넌 더 이상 친구가 아니야. 내가 애기

똥돼지였을 때, 내가 홀로 있을 때, 울보였을 때, 우리는 서로 친구가 되었지. 너는 나를 보호하고, 장난감을 빌려 주고, 영화관에 데려갔어. 하지만 잘 봐. 나는 커 버렸단 말이야. 넌 이제 내가 누군지 알아보지 못하잖아. 너의 양심의 만족감을 위해 보호하고 장난감을 빌려 주고 하던 아이는 사라졌어. 그리고 네가 즐기는 영화는 이제 내 취향이 아니야.'

10월 20일 수요일
일곱 시 삼십 분, 바이올린 수업을 마치고 돌아왔다. 그가 다시 왔다. 지난주에 얼핏 보았을 뿐이지만, 이번에는 제대로 보았다. 내가 옳았다. 그는 이상하다.
　진정할 시간이 필요하다. 오 분 정도.
　자!
　나는 연습할 악보를 들여다보고 있었다. 언제나처럼 나는 문을 등지고 보면대 앞에 서 있었다. 문이 열리는 소리가 들렸다. 선생님을 찾아온 손님일 거라고 생각하고 돌아보지 않았다. 등 뒤에서 소리가 들렸다.
　"르네 선생님 계신가요?"
　르네가 누구인지 나는 알지 못했다. 선생님이 대답하실 거라고 생각했다. 하지만 약간 무거운 침묵이 흘렀다. 그제야 나는 뒤를 돌아다보았다. 선생님은 안 계셨다. 나가시는 소리도 듣지 못했는데. 나는 연습실에 혼자 남았던 것이다. 큰 덩치가 문 앞에 서 있었다. 그였다.

"르네 선생님 알아요?"

거인이 내게 물었다.

"아니요, 모르겠는데요."

다시 침묵이 연습실에 가득 찼다. 둘 다 꼼짝 않고 있었다. 뭐 이런 이상한 상황이 다 있을까?

점점 불안이 엄습해 왔다. 배가 아팠다. 그는 여섯 발짝 거리에 있었다. 무거운 그림자로 문을 가로막은 채.

얼마 안 되어 그가 파리의 피아니스트라는 것을 알아챘다. 그는 눈도 깜박 않고 나를 뚫어져라 쳐다보고 있었다. 내가 누구인지 '알아보는' 것 같았다. 그의 시선은 나를 놓아주지 않았다. 그때 문이 열리고 선생님이 들어왔다. 그는 돌아섰다. 둘은 뜨겁게 손을 마주 잡았다.

우리 선생님 이름이 르네였던 것이다. 나는 한 손에는 활을 다른 손에는 바이올린을 들고 멍하니 서 있었다. 악보가 눈에 들어오지 않았다. 두 사람은 대화하고 있었다. 하지만 내용을 들을 수는 없었다. 나는 어떻게 해야 하는 걸까? '르네 선생님'

은 내게로 와서 오랫동안 자리를 비워서 미안하다고 했다. 나는 고개를 가로저었다. 언제부터 나 혼자 있었던 것일까? 둘은 밖으로 나갔다. 선생님이 다시 들어왔다. 손을 비비며 첫 부분을 연주해 보라고 했다.

"쉬운 편이지? 피에르, 안 그래?"

그 시선이 내 머릿속에서 떠나지 않는다. 나를 꼭 붙들고 있던 그 피아니스트의 시선이. 그토록 맑은 눈을 본 적이 없다.

나의 가장 깊은 생각까지도 끌어낼 듯한 그의 시선을.

10월 24일 일요일

철학 숙제는 '선과 악'. 일곱 시다. 숙제는 평범하고 간단하게 끝냈다. 내 다른 과제물이 그렇듯이 별로 읽을거리도 없을 것이다. 내가 어떻게 개인적인 관점에서 선과 악을 말할 수 있단 말인가? 일단 논의의 기반을 종교성에 두었다. 그것이 일차적인 의도였다. 하지만 아는 종교라고는 부모님의 가톨릭교밖에 없는데 사실 가톨릭에 대해서조차 아무것도 모른다. 과제물에 이렇게 씌어 있다.

"조사 부족! 개인적 관점이 아님. 전개가 엉성함······."

별로 기분 나쁘지 않다. 그 이상은 할 수 없다. 그래도 온전히 나의 생각으로 완성했다.

지금 머릿속에는 한 가지 생각뿐이다. 내 머릿속을 떠나지 않는 영상이 있다. 말하지 않으련다. 말한들 무슨 소용이 있겠나. 나는 이미 알고 있는걸.

 오늘 저녁 부모님의 친구 분들이 집으로 오신단다. 나는 도망치고 싶다. 공처럼 튀어 올라 공원 깊숙이 흐르는 개울까지 달렸다. 친구 분들은 친절하다. 하지만 나는 몸 둘 바를 모르겠다. 나는 너무 창피해서 사납게 침묵을 송곳니 사이에 꽉 물고 있다. 입을 열 수도 움직일 수도 없다.

 내게 한발 다가오면 나는 한발 물러선다. 한 발씩 물러날수록 수치심은 점점 커져만 간다. 바보 같은 내 모습에 화가 나면 그만큼 더 바보 같아진다! 견딜 수 없을 만큼 신경이 날카로워지고 심장은 마구 뛴다. 두려워서 도망치고 싶다.

 나는 자랄수록 엄마를 닮아 간다. 때로 자문해 본다. 어떻게 하면 늙지 않을 수 있을까?

10월 27일 수요일
콧물이 난다. 손발이 얼어붙었다. 저녁 여섯 시다. 밤은 어둡고 연습실 천장의 형광등이 내뿜은 우윳빛 광선이 흰 종이에 부딪혀 내 눈을 찌른다. 눈이 아프다. 학교에 독감이 돈다. 나도 걸렸다. 잘된 일이다. 독감이 나를 무덤으로 보낼 수도 있으니, 내 목을 조르고 숨통을 막기를 바란다. 삶의 끔찍한 권태를 끝낼 수도 있을 것이다.

피아니스트의 이름은 라파엘 말러라고 한다. "엘 다음에 아 쉬가 있지. 작곡가 말러와 철자가 다르단다."

내가 모르는 작곡가이다. 어쨌든 나는 상관치 않는다. 아무도 상관치 않는다.

우리는 서로를 소개하고 멍청하게 악수를 했다.

쓸데없는 소리만 적고 있구나.

나도 피아니스트에게 내 이름을 말해 줬다. 그는 잘못 알아들었다. 내 이름이 모랑인 줄 안다. 왜 뒤퐁이 아닐까. 내 이름이 끔찍하다. 내 기분은 처참했다. 구역질이 나오려고 한다. 다시 설명해야 할까? 미칠 것 같다.

연습 시간 내내 나는 끽끽 소리를 냈다. 코드도 잘못 짚고 음정도 잘못 짚고, 한 마디를 통째로 들어내고 연주하기도 했다. 정신은 온통 내 이름에 쏠려 있었다. 그러다가 활을 부러뜨릴 뻔했다. 르네 선생님이 눈을 부라렸다. 그리고 곧 돌아서서 피아니스트와 대화를 계속했다. 그는 이 주 동안 스트라스부르에 머물 것이고 주말에는 파리로 돌아간다고 한다. 그게 내가 들은 전부였다.

다른 것을 생각할 수가 없었다. 하지만 어떻게 하려고?

나는 쉽게 포기할 것이다. 여름날 영화관 여인이 증거다. 그 우연한 만남이 내 가슴을 뛰게 했다는 것 말고 아무것도 남아 있지 않은 것처럼.

그 피아니스트를 다시 만나고 싶다. 뭔가 말하고 싶다. 피아니스트는 나 같은 것은 안중에도 없겠지만, 만나면 뭔가 정리될 것 같다.

피아니스트를 다시 만나고 싶다. 나의 끔찍한 이름을 정확하게 알려 주는 것 말고는 별다른 일이 없을지라도.

"무롱, 내 이름은 무롱입니다. 대수로운 일도 아니죠. 하지만, 당신의 흥미를 끌 수는 있겠지요. 어쨌든 나는 그 눈빛과 해결할 일이 있는 것 같아서 말이죠. 어디든 가지고 다니시는 당신의 시선이요. 내 얼굴을 뚫어지게 쳐다보았던 당신의 시선과 해결할 일이 좀 있답니다."

분명히 그는 남부럽지 않게 살고 있는 사람일 것이다. 언제나 앞서 가는 사람, 뒤도 돌아보지 않는 사람일 것이다. 나는 그가 지나가는 길가, 먼지 구덩이에서 신음하는 똥개일 뿐이다.

11월 1일 월요일

만성절. 브뤼에르꽃, 국화꽃. 오늘 저녁은 무덤이 아름답다. 깨끗한 무덤이 꽃밭에 누워 있다. 은빛 묘비명이 선연하다.

에릭 무롱 1982~1992

사람들이 대리석 위에 꽃을 놓는다. 성호를 긋고 손을 모은다. 이런 때마다 언제나 떠오르는 질문. 이들은 나중에도 에릭을 기억할까?

어떤 이들은 주기도문을 외운다. 그로써 차디찬 에릭을 매일 떠올려야 하는 수고를 면하는 것이다. 나는 에릭에게 말한다. 어렸을 때 그랬던 것처럼. 부모님이 안 계실 때 소리 내서 말한다. 부모님과 상관없는 얘기도 많이 있기 때문이다. 나는 에릭의 마음에 말한다. 흙 속에서 썩어 가고 있는 에릭의 심장에. 칠 년 동안 에릭의 모습이 어떻게 변했을지 나는 선명하게 그려 낼 수 있다. '사고' 이후 마냥 누워만 있었으니 다 부서진 뼛조각으로 누워 있겠지.

오늘은 가족들이 무덤을 찾는 날이다.

대 순례행진이다. 엄마는 코를 푼다. 아버지는 두 손으로 얼굴을 감싸고 있다…… 자키 삼촌은 아침에 다녀갔다. 삼촌이 놓고 간 흰 국화가 묘비 위에서 청초하게 웃고 있다.

엄마는 어디에서 저 눈물을 길어 올리는 걸까? 매일 울면서도 오늘 울 만큼의 눈물은 따로 갈무리해 두시는 건가? 분명히 묘지는 기억의 장소이다. 우리가 살아 있다는 것을 증언하려고 있는 것이다. 거기에는 죽음의 예방주사와 기억의 날카로운 창이 있다.

에릭에 대한 나의 기억은 무덤과 달라붙어 있지 않다. 음악, 향기, 책, 만화책, 나는 모든 것을 통해 에릭을 본다. 무덤에서는 에릭에 관한 어떤 것도 떠오르지 않는다.

내가 무덤에 오는 것은 단지 에릭이 거기에 주소를 두고 있기 때문이다. 에릭은 무덤에 있다. 그래서 에릭을 만나려면 무덤으로 가야 한다.

11월 2일 화요일

내일부터 만성절 휴가가 시작된다. 바이올린 수업도 없다. 앞으로 일주일 간 방학이다. 잘된 일이다. 지금은 음악원에 갈 처지가 좀 아니다. 포기하는 것이 내 본질이지만 바이올린 수업은 평소보다 좀 더 오래 걸렸다.

살이 더 빠졌다. 엄마는 이제 보기 좋아졌단다. 볼에 붙은 젖

살이 빠지지 않고 남는다면 살이 더 빠져도 괜찮겠다고 한다. 나도 역시 아이로 남고 싶다. 시간을 멈출 수만 있다면.

열일곱이면 독립하고 싶어지는 나이다. 나는 반대다. 어떤 손이 나를 꼭 잡고 있었으면 좋겠다. 방금 '손들' 하고 고치려다가 그만두었다. 생각이 바뀌었다.

11월 5일 금요일
운명은 분명히 존재한다. 오늘이 바로 운명적인 날이었다. 오늘 오후 불가사의한 일이 일어났다. 설명할 수가 없다. 하지만 모두 적어야겠다. 내가 꿈을 꾼 게 아니라는 것을 증명하기 위해서라도.

열한 시쯤 시내로 들어가는 버스를 탔다. 클레베 광장에서 내려, 프낙에서 음반 하나를 사고 내가 즐겨 산책하는 길로 들어섰다. 로한 광장 뒤로, 골목을 따라 내려가다가, 둔치에 내려서서 강을 따라 걷는다. 천천히 부식하고 있는 낙엽들이 발에 끌렸다. 날씨는 굉장히 좋았다. 하지만 추웠다.

관광선들은 모두 밧줄에 매여 있었다. 겨울은 비수기니까. 나는 아무것도 생각하지 않았다. 불행한 것도 아니었다. 내 마음속에는 음악이 울리고 있었다. 편안하고 아름다운 음악이. 내가 그 음악을 기억하고 있다는 것은 그 곡에 뭔가 의미가 있다는 뜻일까?

강가를 따라 한참을 걷다가 기계적으로 쥐프 거리로 들어섰다. 음악원 앞을 지나서, 성당 뒤에 닿았다. 나는 손을 주머니에 찔러 넣고 성당 주위를 한 바퀴 돌았다. 두 시쯤 되었을 게다. 나는 점심을 거른 상태였다. 허기가 지기 시작했지만 요기를 할 생각은 없었다.

머리를 들어 홍예문을 보자 현기증이 났다. 성당 앞 광장에 이르렀다. 나는 무엇인가 알 수 없는 손에 떠밀려 성당 안으로 들어갔다.

나는 성당이 불편하다. 향의 끈적한 냄새, 아슬아슬하게 솟아 있는 궁륭, 압도적인 자세로 벽에 붙어 서 있는 오르간, 모두 나를 불편하게 한다. 밖으로 나왔다. 문 앞에 걸인이 모자 든 손을 앞으로 뻗고 있다. 침묵이 내려앉는다. 나는 다시 성당 안으로 들어갔다.

등 뒤에 도시의 소음이 놓여 있다. 자동차 엔진 소리, 사람 목소리. 앞에는 기도단이 있다. 이리저리 움직이는 그림자들. 오른쪽 통로로 발길을 옮겼다. 관을 세워 놓은 것 같은 고해소를 따라 걸었다.

단 위에 삼단의 상자가 열려 있다. 상자 안에는 그림 세 점이 있다. 어둡고 음산하다. 천구시계를 보았다. 나는 시간을 만났다. 시간이 앙상한 뼈를 흔들며 톱니를 한 칸씩 밀어가고 있었다. 죽음은 늦는다는데 나는 부질없이 기다리고 있는 것이다. 하염없이 기다리고만 있는 것이다.

왼쪽에는 벽시계가 있다. 돌을 조각해서 만든 것이다. 시계 속의 남자는 돌 위에 팔꿈치를 모아 괴고 꿈꾸는 눈으로 천사가 조각된 기둥을 쳐다보고 있다. 남자는 칠백 년 동안이나 그렇게 있었다. 관광객들이 좋아하는 옛날이야기이다. 하지만 오늘은 관광객이 별로 없다. 그리고 옛날이야기를 들려줄 안내인도 없다.

성가대석으로 갔다. 제단은 보지 않으려고 애썼다. 꽃으로 덮인 이 커다란 단상은 무덤을 닮았다. 모두 이미 죽어 있다. 아무도 없는 장소에 혼자 있고 싶었다. 지하 납골당이 생각났다. 하지만 납골당은 언제나 자물통이 채워져 있다.

나는 빈 무덤 앞에서 엎어졌다. 성당 건축가의 묘석 앞이다. 묘석에는 아름다운 여인이 무릎을 꿇고 있다. 여인의 두 손 위에 이 성당이 들려 있었다. 여인의 손안에 들린 성당과 건축가의 묘석은 살아 있는 것 같다. 숨 쉬고 움직일 수 있을 것만 같다. 현기증 나는 풍경이다.

성당 안의 작은 성당, 여인의 손안에 들린 작은 성당……

아마 너무 허기진 탓이리라. 다리가 풀리고 향내 때문에 속이 울렁거린다.

속으로 외쳤다.

'빨리 나가! 그렇지 않으면 무덤 밑에서 뻗겠어!'

나는 뒤로 돌아섰다. 하지만 너무 늦은 것 같다. 눈앞이 흐려졌다. 작고 까만 점들이 미친 듯이 움직이는 정규 방송 이후의 화면을 보는 것 같았다.

무의식적으로 눈앞에 보이는 손을 붙잡았다.

라파엘 말러. 그가 있었다. 귀가 윙윙거린다.

"우리 아는 사이지? 음악원에서……."

그리고 아무것도 기억나지 않는다.

나는 땅 위에 쓰러졌다. 늪 위에 누운 것처럼 몸이 땅속으로 빨려 들어간다.

잠시 후 환상이었을까. 나는 성당 현관의 계단에 앉아 있었다. 정신을 차리려고 애를 썼다.

머리가 차갑고 무슨 소리가 귀에 들렸다. 눈앞에는 깨진 포석, 종이, 아무렇게나 붙어 있는 초록색 껌. 나는 내 속 깊숙이 침강하여 있었다. 무언가 기억해 내야 한다. 하지만 서두를 필요는 없지. 현실로 되돌아갈까. 나는 망각과 기억 사이에서 머뭇대고 있었다. 눈앞에 구두 한 켤레가 보인다.

"괜찮아?"

나는 고개를 끄덕였다. 그랬다. 이제 끝났다. 나는 기억해 낸 것이다. 기계적으로 손을 뻗어 그의 손을 잡았다.

"아직 안 돼. 좀 더 누워 있어."

나는 그를 향해 고개를 들었다. 그가 웃고 있었다. 놀리는 듯이, 그리고 친절하게.

"세례 받았어?"

그가 물었다.

이상한 질문이다. 나는 그렇다고 대답했다.

"아, 그렇군, 네 생명보험을 내가 재발급했어."

무슨 말인지 모르겠다. 그가 내 머리를 가리켰다. 머리로 손을 가져갔다. 그래서 차가웠던 것이다. 성수로 내 머리를 적셨던 것이다. 내가 한기를 느낀다고 생각했던지 그는 소매로 내 머리를 감쌌다.

"맞지? 르네 선생님의 바이올리니스트 제자!"

나는 내 이름을 말했다. 그가 내 이름을 되뇌었다. 이번에는 바르게 알아들었다. 그렇게 나는 나를 소개했다.

"뭐 좀 따뜻한 것을 마실까?"

그는 내 소매를 끌어 성당 근처의 카페로 갔다. 나는 커피를 시켰다. 먼저 설탕을 입에 넣었다.

나는 지금 라파엘 말러와 마주 앉아 있다. 11월 태양이 빛나는 어느 오후, 스트라스부르에서.

이 만남에는 믿기 어려운 어떤 신비가 깃들어 있었다. 그 신비감은 비누 거품처럼 곧 사라질 수도 있는 것이었지만 기이할 만큼 오래 지속되었다.

나는 별로 말하지 않았다. 그가 대화를 이어 가고 있었다.

그는 파리에 산다. 신문사의 사진기자로 일하고 있다. 그는 여기 스트라스부르에서 태어났고 나이는 서른이다. 그의 어머니는 아직 여기에 살고 계신다. 르네는 그의 솔페지오 선생님이었다. "피아노 수업은 더 이상 하지 않아. 가끔 의뢰가 들어오기는 하지만. 연습은 매일하지……. 하지만 게으른 연습이야. 연주하는 시간보다 곡을 해석하는 시간이 더 길어." "음악원에서 연주했던 곡? 아마 멘델스 존이었을걸?" 그는 그 곡을 흥얼거렸다. "커피는 안 좋아해. 차가 더 좋아. 레몬 조각이 부표처럼 둥둥 떠다니는 차가……. 오토바이 타는 걸 좋아해. 성당에 가는 것도 좋고, 고양이 쓰다듬는 것도 좋아. 그리고 항상 겨울을 기다리지……."

간간이 그는 창밖으로 성당을 바라보며 탄성을 질렀다.

"성당이 정말 아름답구나. 정말 아름다워. 고요하고……."

향수병이 격류처럼 그를 쓸어 가고 있었다.

갑자기 해가 저물었다. 가로등이 꽃처럼 피어난다. 나는 각설탕을 모두 씹었다. 이제 좀 나아지는 것 같다. 그가 말하는 동안은 나는 그를 생각할 필요가 없었다. 그는 내 앞에 있으니까.

그는 자리에서 일어났다. 그리고 찻값을 지불했다. 카페 문은 큰 짐승의 송곳니 같은 혹한 속으로 우리를 안내했다.

"좀 걸을까? 난 호텔에 묵어. 한두 걸음쯤이면 도착할 거야."

그러마고 했다. 그의 두 걸음은 나의 네 걸음쯤 되었다. 나는 온 힘을 다해 시간을 잊으려 했다. 골목이 실타래에서 풀린 듯 저편으로 굴러가고 있었다. 진열창이 기차 창처럼 늘어섰다.

그는 쉬지 않고 음악과 사진에 대한 이야기를 했던 것 같다. 레퓌블릭 광장의 공원에서 우리는 걸음을 멈췄다. 원뿔 모양으로 전지된 나무들이 가로등 아래에서 그림자를 길게 늘이고 있었다. 공원의 조각들은 기단 위에서 무한을 향해 날아오르고 있었다.

우리는 천천히 호텔을 향해 걸었다. 바람이 일었다. 주머니 속에 찔러 넣은 손으로 겉옷이 바람에 들리지 않도록 꼭 잡고 있었다. 호텔에 가까워질수록 라파엘은 걸음을 늦추었다. 그는 걸음을 멈추고는 나를 바라보았다. 나는 아무 생각도 없었다. 나는 추웠다. 용기만 있다면 그를 붙들고 싶었다. 이렇게 계속 이야기하며 거리를 걷다가 다른 카페에 들어가서 다시 커피를 마시고 해가 뜰 때까지 같이 있고 싶었다.

　머리 위에서 호텔의 간판이 빛을 뿜고 있다. 현관 위에 보라색 글씨가 빛나고 있다.

　"난 내일 떠나. 전화번호 있어?"

　그는 내 뒤 어딘가 거리에 시선을 꽂아 놓고 있었다.

　주머니를 뒤져 종이를 찾았다. 담뱃갑 말고는 없었다. 담배 한 대가 남아 있었다. 나는 불을 붙이고 빈 담뱃갑을 그에게 건넸다. 전화번호뿐만 아니라 주소도 알려 주었던 것 같다. 왜 그랬는지 나도 모르겠다. 그냥 그렇게 되었다.

　그는 내 입에 물린 담배를 가져갔다.

　우리는 담배가 다 탈 때까지 아무 말도 없었다. 그는 담배 꽁초를 손가락으로 튕겼다. 내 눈은 꽁초의 궤적을 쫓았다. 멀리 날아가 찻길 한가운데 떨어졌다.

　"네가 주소를 알려 주었으니까……."

　그는 나를 보며 미소를 지었다. 다시 그 놀리는 웃음으로.

　"넌 별로 말이 없으니. 편지를 쓸게. 아직 할 말이 남은 것 같구나."

　우리는 악수하지 않았다. 그런 요식행위가 도대체 무슨 의미가 있을까? 그는 갑자기 등을 돌리고 호텔 안으로 사라졌다.

　집에 오는 길에 버스를 두 번이나 잘못 탔다. 부모님은 집에 안 계셨다. 식탁에는 저녁 식사에 초대 받았으니 혼자 식사를 해결하라는 메모가 있었다. 냉장고에 저녁거리가 있다.

바쿠가 유난히 나를 반겼다. 우리는 공원으로 산책을 나갔다. 바람이 개울가의 수양버들을 몹시도 흔들고 있었다. 무아지경에 빠진 무희 같았다.

방금 전에 집에 돌아와서 일기장을 꺼냈다. 공원 쪽으로 난 창문을 향한 채 바닥에 엎드렸다. 담배 한 갑을 새로 뜯었다. 바쿠는 침을 흘리며 커튼을 물어뜯고 있다.

나는 아무것도 생각할 수 없다. 단지 하나도 빼놓지 않고 모두 기억하려 애쓸 뿐.

11월 8일 월요일

금요일에 산 스미스의 앨범에 푹 빠져 있다. 〈옆구리에 가시가 박힌 소년〉만 반복해서 듣고 있다. 내가 그 소년인 것 같다.

가시에 옆구리가 찢겨……

사랑하고픈 욕망은 죽음과도 같아……

나는 교실에서 무엇을 하고 있는 것일까? 고등학교에서 무엇을 하고 있는 것일까? 이 집에서는 무엇을 하고 있는 것일까? 대답을 찾을 수가 없다. 나보다 먼저 고민했던 누군가라면 알 수 있을까? 아버지께 물어볼까?

"아버지, 내가 지금 뭐 하고 있는 거지요?"

아버지는 어쩌면 답을 찾았을지도 모르니까.

11월 16일 화요일
지난 토요일에는 아무 기대도 없었다. 오늘 정오 우편함에서 내 앞으로 온 편지를 발견했다. 모르는 필체였다. 우표에는 '빛의 도시 파리'라고 인쇄되어 있었다. 11월 13일 토요일 자 소인이 찍혀 있었다.

부모님이 출근하기를 기다려서 편지함을 열었다. 학교 가기 전에 십 분 정도 시간이 있을 것이다.

봉투 안에서 사진 한 장과 짤막한 편지 한 장이 나왔다. 파리의 거리를 찍은 것 같았다. 카페의 창밖으로 행인들의 영상이 뭉개져서 지나온 방향으로 번져 있었다. 즉석카메라로 찍은 것이었다. 전면에는 광택이 나는 탁자 위에 편지 한 장이 놓여 있다. 사진과 함께 들어 있는 편지였다.

지난 토요일 업무상의 약속이 둘 잡혀 있었는데, 그 사이에 시간이 생겨서 편지를 쓴다는 것이었다. 레몬이 표류하는 차 한 잔을 앞에 두고, 지난주 나와 만났던 일이 떠올랐다고 한다. 그의 웃음처럼 간결하고 따뜻한 편지였다. 하지만 친근한 것은 아니었다. 그 차이를 나는 알아볼 수 있다. 그가 느껴진다. 심장이 뛰고 편지를 든 손도 덩달아 떨린다.

편지는 여전히 바지 뒷주머니에 있다. 거실로 내려가야겠다. 침묵 속에서 부모님과 텔레비전을 보려 한다. 비밀이 생겼다.

혁명적인 보물이다.

나는 죽음을 기다리는 것 이외에는 아무것도 하지 않았다. 이 척박한 청소년기에 다른 것이 가능하리라고는 생각지 못했다.

나는 몇 번이나 생각했다. 내가 질질 끌며 여기까지 꾸려 온 고통을 끝내고자 한다면, 다른 이들에게 피해 주지 않고 내 안에 스스로 갇히는 것보다 더 좋은 방법은 없다고.

그렇게 되면 엄마는 어떻게 될까 자주 생각해 보았다. 그러나 나의 죽음이 엄마 말고 다른 이에게도 고통이 될 수 있다는 생각은 꿈에도 해 본 적이 없다.

내게 관심을 가진 어떤 이들, 예를 들어 내게 편지를 쓴다거나…… 하는 이들…….

11월 19일 금요일

오늘 시내의 도서관에 갔다. 정확하게 말하자면 '스트라스부르

포르뒤린 사회문화원'에 갔다 왔다. 중세 취향의 반짝이는 간판이 있었다. 나는 등록을 했다. 올해 프랑스어 수업이 없다. 아무도 프랑스어를 강요하지 않는데도, 이제 책이 좋아진 걸까?

《작은 것들》이라는 도데의 작품을 빌렸다. 손 가는 대로 고른 것이다. 바보 같지만 나는 문학의 위대함 같은 것은 알지 못한다. 하지만 글쓰기와 시를 좋아한다. 그런데 도서관 안에 들어오니 내가 바보가 된 느낌이다. 더 지랄 맞은 건 도서관에서 문과 여학생을 만났다는 것이다. 우리는 서로 인사했다. 쥬느비에브였다. 미리암에게 내 얘기를 했다던. 하지만 나는 아무것도 모르는 척했다. 그 편이 훨씬 편하다.

오늘 그녀는 다섯 권을 빌렸다. 얇은 책이 아니었다. 가죽으로 장정된, 성문의 머릿돌만 한 것들이었다. 분명히 다 읽고 반납하려는 것이다. 제목이 아름다웠다. 《죽은 영혼들》. 나도 그 책을 빌려 보고 싶어서 저자의 이름을 기억해 두었다. '니콜라이 고골리'라고 금빛으로 새겨져 있었다. 웃음이 나왔다. 분명 대단히 유명한 작가겠지만 나는 알지 못한다.

그녀는 항상 다섯 권을 빌렸다. 한 번에 빌릴 수 있는 최대 권수가 다섯 권이었다.

백이십 쪽 분량의 《작은 것들》과 만화책 두 권을 빌렸다. 쥬느비에브에 비하면 나는 문맹인 것 같았다. 삼 주에 다섯 권이라니! 어떻게 다 읽을 수 있을까? 그렇게 읽으려면 묘사는 다 건너뛰어야 하지 않을까?

쥬느비에브는 나보다 먼저 도서관을 나갔다. 유리문을 통해서 문화원 돌계단을 내려가는 그녀를 볼 수 있었다. 볼이 발그레했다. 도서관이 더워서 그런 것일 게다. 아니면 긴장했거나. 좋은 아이임은 분명하다.

진짜로 여자애를 바라보는 것은 이번이 처음이다.

나의 세계는 라파엘이 내게 보낸 편지와 닮아 있다. 더러운 유리 너머로 사람들이 스쳐 지나간다. 달려간다. 그 앞에서 나는 지켜보고 있다, 관음증 환자처럼. 가끔 나도 저들 사이에서 달릴 수 있지 않을까 생각한다.

오로지 한 여인이 나를 달리게 할 수 있다. 그것이 누구인지 나는 알고 있다. 쥬느비에브는 아니다, 안타깝게도. 쥬느비에브는 좋은 아이이다. 그래서 안타깝다고 하는 것이다.

11월 20일 토요일
학교에서 돌아왔다. 물리, 다음 수학이었다. 오늘 아침부터 추워지기 시작했다. 영하 7도였다. 하지만 나는 더웠다. 토요일 아침의 열기…… 열이 났다. 눈이 저절로 감기고 눈꺼풀이 쇳물처럼 녹아 흘렀다. 잠은 깼으나 눈을 뜰 수가 없다. 불쌍한 똥개 무룽!

파브리스는 요새 나를 못 본 척하고 지나간다. 나 대신 새 친구들을 사귀었다. 못되게 굴지도 않았다. 단지 무관심을 가장할 뿐.

미리암은 언제나 친절하다. 하지만 나는 그만큼 잘해 주지 못하는 것 같다. 나와 쥬느비에브를 엮어 주려고 무던히 애를 쓰고 있다. 누구라도 알 수 있을 것이다. 하지만 나는 못 알아듣는 척한다.

자비에가 근처를 어슬렁거린다. 물리 시험에서 일등을 했기 때문이다. 하루 종일 뻐기면서 교실을 어슬렁거린다. 나를 불쌍한 눈으로 쳐다보기도 했다.

아직도 라파엘에게 답장하지 못했다.

11월 21일 일요일

다 썼다. 편지가 내 옆에 있다. 벽에 기대어 편지를 썼다. 무릎에는 담요를 덮고 있다.

붉은빛 격자, 등자와 강아지, 사냥 나팔 무늬가 찍혀 있는 담요를 덮고 있다. 축제 때 엄마가 받은 것이다. 어깨에는 극장 여인의 보라색 스웨터를 둘렀다.

봉투에 그의 주소를 적었다. 침을 발라 평범한 우표를 붙였다. 봉투도 침을 발라 붙였다. 다시 읽고 다시 쓰고 싶은 마음이 여러 번 들었다. 나는 단번에 편지를 써 내려갔다. 침 뱉는 것처럼. 그렇게 순식간에 편지 한 통이 완성되었다. 내일 아침 우체통에 넣을 것이다. 편지는 열에 들뜬 광기로 가득할 것이다. 기억하고 싶지도 않으니 여기에 옮겨 적지 않겠다. 말에 채찍질하듯 단번에 써 내려간 것이다.

매춘 광고를 낸 창부가 된 느낌이다.

이 일에 대하여 나중에 대가를 치르게 되리라. 지금 당장 편지가 그의 손에 도착한다면 차라리 좋겠다. 내일 우체통에 넣는 순간 갑자기 용기를 잃어버릴까 걱정이다.

하늘은 검다. 저녁 여덟 시, 해가 진 지 오래되었다. 저녁 식탁에 가지 않았다. 내일 제출할 수학 숙제를 못 끝냈다고 변명했다. 그것은 사실이었다. 하지만 수학 숙제 따위에는 손도 대지 않을 것이다. 나는 더 이상 먹지 않는다. 이번에는 일부러 그러는 것이 아니다. 도대체 삼킬 수가 없다. 7월부터 팔 킬로그램이 빠졌다. 다리도 아프고 팔도 아프다. 키는 좀 컸다. 바퀴에 사지를 묶어 관절을 뽑는 고통이다. 내 육체는 빠르게 변해 간다. 전에 입던 옷은 짧거나 너무 헐렁하다.

아침에 아버지와 수영장에 갔다. 아버지는 살 빠진 내 몸을 보았다.

"회초리처럼 말랐구나."

팔에서 염소 소독약 냄새가 난다. 머리털은 엉겨 있다. 오늘 밤은 내 몸이 나를 평안히 내버려 두나 보다.

11월 23일 화요일

나는 너무 진지한 소년이다. 나는 전혀 웃지 않는다. 하지만 부모님은 내게 너무 경솔하다고 한다. 내가 독특한 생각을 할 때부터 그렇게 말했다. 학교에서는 나를 광인 취급한다. 오늘 수업 시간에 텔레비전에서 방영한 홀로코스트에 관해 얘기했었다. 몇 년 전에 부모님은 내게 너무 충격적일 거라면서 그 프로그램을 못 보게 했다. 이젠 역사 선생님이 그 영상을 틀어 준다. 나이의 특권이랄까.

살아 있다는 죄책감과 그 무게 때문에 홀로코스트를 끝까지 보았다. 학교 시청각 자료실에서 〈소아〉도 빌려 보았다. 역사 선생은 그런 열정은 경솔한 것이라고 한다. 내가 네오나치나 될 것처럼. 나에 대해서 아무것도 모르면서.

삼 주 전 극장에서 〈풀 메탈 자켓〉도 보았다. 〈빠삐용〉은 텔레비전에서 보았다. 전쟁 영화라면 한 편도 놓치지 않는다. 나는 이를 꽉 물고 나에게 전쟁 영화를 보여 준다. 나와 내가 품고 있는 어쭙잖은 불행을 비난하기 위해서. 병으로 병을 치료하는 격이라 할까. 학교 아이들은 내 취향이 음산하다고 생각한다. 전쟁 영화를 보며 내가 희열을 느낄 것이라고 생각하는 것이다. 나는 좋지 못한 평판을 얻게 되었다. 그들은 내 안의 진정한 나를 보지 못하기 때문이다.

11월 29일 월요일
어제 수영장에 갔다. 누구와 갔을까? 그렇다. 자비에와 갔다. 미리암도. 누가 이런 생각을 해냈는지 모르겠지만.

　아마도 자비에일 것이다. 자비에는 미리암에게 관심을 가지고 있다. 미리암이 수영복 입은 모습을 보고 싶었을 것이다. 미리암과 나는 언제나 붙어 다니니까, 자비에는 날 떼어 놓을 수 없었던 것이다.

　그럭저럭 재미있게 하루를 보냈다. 십 미터 다이빙대에서 뛰어내리면서 입수를 엉망으로 했다. 오른쪽 어깨에 진홍빛 반점이 생겼다. 뜨거웠다. 하지만 대수롭지 않다. 고통은 언제나 무엇인가 생각하게 하니까. 가슴에도 역시 자주빛 반점이 부풀어 올랐다. 왜 그렇게 되었는지 모르겠다. 입수 자세가 잘못됐다.

그래서? 그 외에는 아무것도 기억나지 않는다. 무슨 짓을 하고도 나는 곧 망각하니까.

    진정제 부작용이 아닐까 생각한다. 복용 설명서에 그런 부작용이 적혀 있다. 혹시 계속해서 복용한다면 나를 완전히 기억에서 제거할 수도 있을까?

12월 4일 토요일

병원에 다녀왔다. 아침에 병원에 들렀다. 수영장에 다녀와서 생긴 반점과 수포 때문이었다. 2도 화상에 감염도 있다고 한다. 열이 났다. 별로 대단한 일은 아니다. 하지만 의사는 너무 진지한 표정으로 진찰했다. 그리고 바보 같은 질문을 해 댔다. 진단은 식욕부진, 심리치료사를 찾아가 보란다. 무슨 도움을 받을 수 있단 말인가?

    먹는 것? 배가 고프면 내 힘으로 할 수 있는 일이다.

    사는 것? 아무도 가르쳐 줄 수 없는 것이다.

    다행히 처방전에는 삶에 대해서는 적혀 있지 않다. 그래서 우리 엄마는 알지 못하는 것이다. 삶에 대해서는 자신이 누구인지, 자신이 무엇을 하고 있는지 스스로 밝혀내야 하는 것이다. 엄마 주치의의 잘못은 아니다. 엄마가 그것을 모르는 것이다.

오후에 바쿠와 산책을 나갔다. 숲으로 달려 들어가다가 오른쪽 뒷다리의 발가락을 부러뜨렸다. 저녁에 동물병원에 찾아갔다. 바쿠는 커다란 부목을 했다. 움직이고 싶어 안달이다. 내가 바쿠를 돌본다.

라파엘에게서는 소식이 없다. 편지가 잘 도착해야 하는데…… 때로 중간에서 사라졌으면 하는 바람도 있다.

12월 17일 금요일

우리는 언제나 다른 사람이나 다른 것과 관련해서는 부정적인 방식으로 스스로를 규정한다. 나는 그가 아니다, 나는 그것이 아니다, 하는 식으로.

오늘 아침 '철학자'께서 일갈하셨다. 우리 가족, 내 또래들은 그들과 관계하여 부정적으로 나를 규정한다. 그들의 가증스런 '진짜 삶'과 관계하여 나를 규정한다. 나는 그들의 '진짜 삶'이 어떻게 굴러가는지 잘 알고 있다. 앞서 가는 이들은 시끄럽게 떠들어 대고 나머지는 뒤를 따르며 침묵한다. 나는 맨 앞에 있고 싶다. 하지만 침묵하는 무리 속에 있다.

주변 사람들은 이제 그만 하고 정신을 차릴 때가 되었다고 한다. 이제 꿈은 그만 꾸고 불길한 장난은 그만두고, 진짜 삶으로 돌아오라고 한다. 그렇다면 거짓 삶도 있다는 말인가? 그렇다면 나는 살아 있는 것이 아닌가? 몽상과 내 속의 비밀에 파묻혀 나는 이미 죽었다는 말인가?

특종이다!

'철학자'란 우리 철학 선생님이다. 철학 선생님은 나와 얘기하는 것을 좋아하신다. 쉬는 시간이 되면 내게 담배를 빌리러 오신다. 학생들에게 얹혀살려고 작정한 것 같다. 게다가 학생들의 흡연을 장려하려는 것 같다. 선생님은 내게 말을 시켜 보려 하신다. 당신의 방백이 내 귀에만 전달된다고 생각하시는 것 같다.

그래도 나는 입을 열지 않는다.

자비에는 예의 바르게 나를 경멸하고 있었다. 무슨 말인고 하니, 내가 보는 데서는 나를 없는 사람인 양 완전히 무시했다. 하지만 내 뒤에서 나를 무시하는 사람이 있으면 누가 되었든 얼굴을 곤죽으로 만들어 놓았다.

그의 이상한 행동에 놀라는 게 나뿐이라서 이상했다. 나는 자비에보다 자비에를 더 잘 알고 있다고 생각하는데.

복도에서건 운동장에서건 쉬지 않고 그의 시선이 나를 추격하고 있다. 내가 실수하기를 기다리며.

수업 시간에 앉는 자리는 대충 그 과목의 성적을 따라간다. 물리 시간, 자비에는 맨 앞에 앉아서 벽에 등을 기대고 오른쪽 눈으로 나를, 왼쪽 눈으로 선생님을 본다. 무슨 기인열전에라도 나가려는 것처럼.

일주일에 두 번은 철학 선생님과 얘기한다.
  별로 대단한 내용은 없다. 수업 이야기, 우리 반 이야기, 계절 등등. 내 주변인들이 말하는 '진짜 삶'에 대한 것이다.
  십오 분 동안의 대화를 이끌어내기 위해 나는 다음 숙제가 뭔지 궁금해하는 척한다. 선생님도 이런 연극에 기꺼이 참여한다. 때로 선생님이 내게서 다른 종류의 이야기를 듣고자 하는 것이 아닌가 하는 인상을 받는다. 무엇일까? 모른다. 아마도 '다른 삶'일까? 분명히 선생님은 다른 삶을 살고 계실 것이다. 수업 시작하는 종이 울리면 담배꽁초를 지그시 깨문다. 아무것도 알아내지 못한 탐정처럼.
  내가 선생님 옆에 있으면 우리 주변은 진공 상태가 된 듯 텅 빈다. 애들은 계몽주의 시대 살롱에서처럼 멀리서 내 뒷공론을 하고 있다. 그럴 때 자비에는 가장 사나워져서 반대편 복도 끝에서 욕을 퍼붓고 있다. "호모 같은 자식!"
  하지만 여름에 경주가 끝나고 샤워장에서 있었던 일을 상기시키기만 한다면 이 욕은 부메랑처럼 자비에에게로 되돌아간다. 내 벗은 몸을 보고자 한 것은 바로 자비에였다.

이제 나는 이해하게 되었다. 그것은 나에게 모욕을 주려던 것이 아니었다. 하지만 자비에는 오히려 아무것도 이해하지 못하고 있다.

12월 19일 일요일

방학 첫날. 선생님은 우리를 집에 보내기 전에 친절하게 성적표를 나눠 주셨다. 철학은 16/20점, 수학은 6/20점. 보통이지만 이과생에게 달가운 성적표는 아니다.

그래도 혹시 대학입학자격시험을 통과한다면 어떻게 될까? 아버지는 만족할 것이다. 물론 엄마도. 자키 삼촌이 오시겠지. 샴페인을 터뜨리며…… 그럴 것이다. 그리고 그 다음은? 다음이라…….

요즘 엄마는 불면증에 시달린다. 주치의는 수면제를 처방한다. 내가 병원에 있을 때 들었는데, 이 방면에 권위자라고 한다. 합법적인 마약 밀매자라고 할까. 그가 처방한 마약 덕분에 엄마는 잘 수 있게 되었다. 낮에만.

다른 의사들이 엄마의 주치의를 비난할 꼬투리가 생긴 것이다. 밤이 되면 엄마는 자리에서 일어나서 뜨개질을 한다. 페넬

로페*처럼 벌써 두 번이나 풀었다가 다시 뜨고 있다. 처음에는 너무 컸고, 두 번째는 너무 짧았다.

    때로 엄마는 잠들기도 한다. 자면서 이를 간다. 무서운 소리다. 엄마의 이 가는 소리를 듣는 것은 나뿐이다. 아빠는 코를 곤다.

    가끔 우리 모두가 사라져 버렸으면 좋겠다. 집과 개도 함께.

    목적 : 성탄절 저녁을 좀 더 괴기스럽게 보내기 위하여.

12월 30일 목요일

성탄절이 지나갔다. 그럼에도 불구하고 시내에 나가면 성가가 울려 퍼진다. 그리고 상점에서는 새해맞이 폭죽을 팔고 있다.

    성탄절 아침 우리 가족은 음울했다. 그리고 이틀 전에는 좀 소란했다. 거센 폭풍이 불어서 숲이 엉망이 되었다. 나무가 도로 위로 쓰러졌고, 굴뚝이 무너진 집도 있었다. 할머니 한 분이 라인 강물에 휩쓸려 갔다.

    방금 전에 자비에가 전화했다. 내일 12월 31일 20시 자비에 무리와 역에서 만나기로 했단다. 십오 유로와 여자 친구를 대동

---

*《오디세이아》에 나오는 오디세우스의 아내. 남편이 집을 떠난 후 구혼자들의 끈질긴 구애를 피하기 위해 페넬로페는 시아버지의 수의를 다 짤 때까지 기다려야 한다고 말한 뒤, 3년 동안 매일 낮에 짰던 수의를 밤이면 다시 풀어 버리며 남편을 기다렸다.

하고 나와서, 새해맞이 잔치를 벌이러 간다고 한다, 목적지 없이. 나는 좋은 생각이라고 말해 주었다. 하지만 왜 내게 전화를 했을까? 나는 여자애도 아니다. 십오 유로를 빌려 달라는 것인가?

자비에가 말했다.

"시치미 떼지 마! 예쁜 여자 친구가 있잖아!"

미리암과 쥬느비에브를 말하는 것 같다.

나는 미리암에게 전화했다. 미리암은 가겠다고 한다. 그리고 쥬느비에브에게 전화하겠다고 한다.

"쥬느비에브는 당연히 간다고 하겠지. 너도 간다고 확실히 약속한다면 말이야."

나는 거절할 힘이 없다. 모두 내버려 두고 싶다. 누군가의 결정에 전적으로 맡기고 싶다. 차라리 다른 누군가가 이 일을 결정했으면 좋겠다.

그러나 아무 소리도 들리지 않는다.

우리가 마주치는 매 사건들을 완전히 살아 냈을 때 거기에는
죽음도 없고 후회도 없으며, 거짓 봄도 없다. 완전히 살아 낸,
매 순간은 더 넓고 광대한 지평으로 열려 유일한 목적지에
닿으니 바로 삶이라 불리는 곳이다.

헨리 밀러, 〈검은 봄〉

2000년 1월 3일 월요일

이제 2000년이다. 단지 숫자일 뿐인데…… 그래도 '새 천년'이라는 말이 마음에 든다. 영점에서 다시 시작된다는 게 내 삶에 어떤 의미를 줄 것도 같다. 뭔가 새로운 일이 생길지도 모르니까. 그런 의미에서 '새해'는 아주 적절한 낱말이다.

31일 저녁 기차역 앞에서 아이들을 만났다. 꽤나 추웠다. 축축하게 젖은 염화칼륨 부스러기가 흩어진 회색 보도를 밟으며, 고딕 양식으로 머리끝부터 발끝까지 단장한 여자애들이 걸어왔다. 사슬 장식이 치렁치렁한 검은 부츠의 커다란 뒷굽이 보도에 부딪는 소리가 선명하게 떠오른다.

쥬느비에브는 말없이 나를 바라보며 웃었다. 입술이 파랗게 질린 채 어깨를 여리게 떨었다. 추위 탓이라고 믿고 싶었다. 역사 안에서 자비에를 만났다. 손가락으로 열차 시간표를 가리켰다. 누가 숫자를 뱉었다. 자비에는 진지하게 출발 시간표를 세어 내려갔다. 그리고는 승리감에 도취한 표정으로 몸을 돌렸다. "그랑델부르!"

12월 31일 추운 겨울 저녁에 그랑델부르까지 가서 무엇을 하자는 것일까? 우연한 숫자를 운명으로 삼자는 말인가.

"우리의 축제가 그랑델부르에서 열리고 있다는군!"

자비에가 들뜬 목소리로 외쳤다. 하기야 오늘 같은 날은 알

프스 산속으로 들어간다 해도 잔치를 벌이는 사람들을 만나게 될 것이다.

우리는 기차에 올랐다. 인조가죽을 입힌 좌석에 파묻혀서 한참을 달렸다. 선반이 천장에 매달려 있다. 열차의 좁은 문을 통해 우리는 2000년으로 달려 들어간 것이다. 쥬느비에브가 날 바라보고 있었다. 나도 역시 나를 바라보고 있었다. 내가 왜 이 자리에 앉아 있는지 이해할 수 없었다.

열차는 어둠 속으로 굴러 들어간다. 어둠에 묻혀 검게 변한 유리창은 내 얼굴을 내게 되던졌다. 내 눈은 연신 유리에 비친 내 모습을 피했다. 나는 내 마음을 오랫동안 응시했다. 나는 넋이 나가 있었다.

우리는 눈이 펑펑 내리는 작은 역에 내렸다. 아무도 이런 눈을 예상하지 못했다. 미리암과 쥬느비에브는 알았을까. 긴 부츠를 신고 온 것을 보면.

별이 총총한 시커먼 하늘로부터 산의 능선이 칼에 잘린 듯 분리되어 있었다. 보쥬 지방은 최근 폭풍 피해를 입었다. 풍경이 어둠 속에서 흐느끼고 있었다. 큰길을 가로질러 커다란 전나무가 쓰러져 있었다. 나무는 차가 다닐 수 있을 만큼만 잘려 있다. 멀리서 음악 소리가 들린다. 춤추는 사람들이 있는 모양이다.

칠이 벗겨진 낡은 건물에서 무도회가 열리고 있었다. 아마도 청소년 수련원인 것 같다. 지하에 있는 커다란 홀에 간이 무대가 설치되어 있었다. 악단의 연주는 무슨 곡인지 알아들을 수도 없었다. 사람들은 정신없이 몸을 흔들었다. 맥주 냄새와 춤추는 사람들의 땀내가 범벅이 되어 있었다. 그 냄새가 좋았다.

지하 무도장은 사람들의 열기로 한여름 밤처럼 뜨거웠다. 내 정신은 더 이상 허망한 공간을 헤매 다니지 않는다. 내 몸 속에 바로 앉아 있다.

나도 춤을 춘 것 같다. 열한 시 삼십 분쯤 되자 사람들이 무대에서 물러났다. 바에서는 눈 속에 묻어 둔 음료수를 꺼내 팔았다. 자비에가 돈을 걷었다. 돌아갈 기차 삯을 걷은 것이다. 남은 돈으로는 모두 마셔 버렸다. 우리 모두 술을 마셨다. 나는 누구보다 어느 때보다 많이 마셨다. 기억이 끊길 만큼. 그리고…….

우리, 나와 쥬느비에브는 함께했다. 확실히 기억난다. 새벽 두 시쯤 악단이 무대에서 내려왔다. 대형 진공관 스피커를 찢을 듯한 테크노 음악이 무도장을 흔들고 있었다. 무도장 뒤쪽에 숙소로 가는 계단이 있다. 그 건물은 어느 구석이든 축축했다.

복도에서 긴 머리 여자애가 벽에 손을 짚고 욕지기를 하고 있었다. 그 장면이 기억난다. 지하에서 요동하는 음악 소리가 벽을 쿵쿵 울리고 있었다.

3층 숙소에는 이층 침대가 죽 늘어서 있었다. 좀 더운 듯했다. 침대 2층에는 연인들이 자리 잡았다. 낯선 냄새, 부드러운 신음 소리.

한참 전부터 나는 쥬느비에브의 손을 잡고 있었다. 눈 깜짝할 사이 우리는 연인들 틈에 자리 잡았다. 쥬느비에브는 검은 스웨터를 벗어 침대 사다리에 걸었다. 그러자 휘장 친 침실처럼 되었다.

그녀는 담배를 피웠다. 쥬느비에브가 담배 피우는 모습을 처음 보았다. 분명히 그날 밤 누군가 쥬느비에브에게 담배를 가르친 것이다.

싸구려 샴페인 기운이 점차 가셨다. 나는 끝을 향해 곧장 내달렸다.

쥬느비에브가 그 일을 어떻게 기억하고 있을지는 모르겠지만 내게는 부드럽고 감미롭고 편안했다. 나는 일종의 행복감을 맛보았다.

다음날 잠에서 깨어났을 때, 뜨겁게 달궈진 태양이 높이 떠 있고 눈 덮인 벌판이 희게 타오르고 있었다. 나는 차가운 대기 속을 걸어 오줌 눌 자리를 찾았다. 전나무 아래 자리를 잡았다. 등 뒤에서 목소리가 들렸다. 미리암과 누군지 모를 남자의 목소리였다. 오줌을 다 누었을 때쯤 누가 뒤에서 등을 쳤다.

"새해 복 많이 받아, 무롱!"

자비에였다. 나는 뒤로 돌아 그 망할 놈의 붉은 대가리를 두 손으로 감싸 쥐고 그를 힘껏 포옹했다.

"새해 복 많이 받아, 페레이라."

나는 즐거움에 들떠 대답했다.

"마음이 한결 편해지는구나, 이제 떠나자! 돌아가자!"

오후에 스트라스부르 행 열차에 올랐다. 배가 고팠다. 나는 창가에 앉았고 쥬느비에브는 내게 안겨 있었다. 미리암은 맞은편에서 자비에의 팔에 안겨 잠들어 있었다. 새 여자 친구를 무릎에 뉘어 놓고 우리는 때때로 눈이 마주쳤다. 신경전이었다.

그 후로 나는 매일 쥬느비에브를 만난다. 그녀는 오늘 아침에도 학교 현관에서 나를 기다리고 있었다. 그녀는 언제나 나를 보며 미소 짓는다. 그리고 입술을 살며시 깨문다. 그 혼란, 설렘. 내가 라파엘을 볼 때, 내 안에서 일어나는 격동과 비슷한 것이겠지.

학교에서 돌아오니 책상 위에 엄마가 남긴 쪽지가 있었다. 31일 자정쯤 나를 찾는 전화가 왔다고 한다. 파리에서 온 전화였는데 이름은 기억나지 않는다고 했다.

1월 5일 수요일

오늘 오후 쥬느비에브와 프낙에 갔다. 쥬느비에브는 앨런 포와 마를린 맨슨 사이를 홀린 사람처럼 배회하고 있었고 나는 고전 음악 음반이 있는 곳에서 꿈꾸고 있었다. 내 손이 저절로 말러의 음반에 가 닿았다. 나는 다른 말러를 생각하며 그 음반을 집었다.

"엘 다음 아쉬야."

그는 자신을 그렇게 소개했다. 그때는 음악가 구스타프 말러를 알지도 못했기 때문에 그가 왜 그렇게 말하는지 알아듣지 못했다.

나는 헌책방에 쥬느비에브를 버려 두고 집으로 돌아왔다. 쥬느비에브는 헌책방에 들어가기만 하면 넋을 읽고 하염없이 꿈을 꿀 수 있었다. 하루 종일이라도.

나는 집으로 돌아왔다. 말러 교향곡 5번을 틀었다. 1악장에서는 별 감흥이 없었는데 아다지에토로 넘어가자 커다란 심연 위에 내가 떠 있는 것 같았다. 나는 심연 속으로 곤두박질쳤다. 두렵지 않았다. 감동의 눈물을 흘려야 했으나 나의 정신은 이미 눈물의 강 너머로 달음질치고 있었다. 광대하고 부드러운 구름과 끝없는 모래사장. 얼굴들. 음악 세계의 무한함. 음악이 내게 진리를 외치고 있는 것 같았다. 음악 안에는 진리 외에 다른 것은 없다. 진리를 말할 수 있는 유일한 방법, 바로 음악뿐이다.

진리를 외친다니…….

공테이프를 걸고 교향곡 5번의 일부를 녹음했다. 마이크를 꽂고 독백했다. 나는 내게 말하고 있었다. 라파엘에게 아직 말하지 않은 모든 것. 에릭, 사고, 엄마, 아빠, 자키 삼촌, 달리기, 고픔, 나 스스로 예정한 나의 죽음, 병원, 약…… 마이크를 들고 모두 말했다. 마이크에 털어놓는 것은 쉬운 일이다. 다시 들어 보니 내가 아닌 다른 누군가의 이야기를 듣고 있는 것 같았다. 이렇게 녹음된 것은 쉽게 지울 수도 있고 뒤로 돌려 볼 수도 있고 앞으로 돌릴 수도 있다. 편리하게도.

여섯 시.

말러 5번과 내 인생이 담긴 테이프가 스티로폼 조각과 함께 상자 속에 담겨 있다. 그리고 파국일지도 모르는 목적지를 향해 떠났다. 이 일이 어떻게 전개될지 전혀 알 수 없지만 개의치 않는다. 쥬느비에브, 자비에, 라파엘. 확실한 것은 이 모두가 내가 지쳐 나자빠지지 않게 나를 지지하고 있다는 것이다.

1월 20일 목요일

아버지는 이과로 진학하려면 수학 점수를 더 높여야겠다고 말했다. 아버지는 계산적이다. 아버지는 숫자를 좋아한다. 숫자와 수치가 삶을 구원할 수 있다고 생각한다. 아마도 아버지가 옳을 것이다. 내 삶의 문제를 수학 용어로 풀어 보자면 다음과 같다.

상수 P, G, X, R(나 피에르, 쥬느비에브, 자비에, 라파엘)이 있다고 가정하자.

만약 G(쥬느비에브)와 X(자비에)가 탄젠트라고 하면 둘은 주어진 한 점에서 곡선P(피에르)와 접한다. R(라파엘)은 독립변수이며 P(피에르)함수의 변수로 간주한다. 다른 선분들은……

이 정도면 명확해졌다. 최소한 내게는 그렇다. 아버지에게는 아닐 수도 있겠지만 어쨌든 수치일 뿐이니까.

2월 15일 월요일

방금 쥬느비에브가 내 방을 나갔다. 그녀가 떠나고 나면 담배 냄새, 파출리 향이 오랫동안 내 방을 채우고 있다. 그리고 침대는 움푹 패어 있다.

오늘은 성 발렌타인 축일. 쥬느비에브는 그런 것에 신경 쓰지 않는다고 했다. 애들이나 하는 짓이라고. 하지만 검은 벨벳으로 싼 곰 인형을 들고 왔다. 곰 앞발에 이렇게 적혀 있었다.

나는 어둠에 묻힌 자, 짝을 잃은 자, 위로받지 못한 자로다.

네르발의 시라고 했다. 나를 닮았다고 했다. 나를 일컫는 것 같다고 했다. 나를 사랑한다고도 했다. 이번 방학에 자기와 같이 독일에 가자고 했다.

국경은 지척에 있으니 잠깐이면 넘을 수 있다고, 켈에 가면 프랑크푸르트나 뮌헨으로 가는 기차를 탈 수 있단다. 함께 담배를 피우며 러시아 소설을 읽을 수 있다고 했다. 맛있는 맥주를 마음껏 마시며 사랑을 나눌 수 있을 것이라고 했다.

안타깝지만 방학 동안 그녀가 그리울 것이다. 쥬느비에브는 나의 외로움을 잠시 덮을 뿐이다. 그녀와의 시간은 내게 진통제일 뿐이다.

어제저녁 라파엘에게 전화가 왔다.

내 이름을 부르는 쥬느비에브의 목소리는 부드럽지는 않아도 신뢰에 가득 차 있다. 누군가 들을 것이라 확신하고 길거리를 향해 "야" 하고 한마디를 던져 놓은 것처럼.

하지만 어제, 라파엘의 목소리는 여태껏 내가 한 번도 들어보지 못한 것이었다. 세상에 피에르라는 이름을 가진 사람이 나 하나뿐인 것처럼 내 이름을 불렀다. 그가 "피에르" 하고 부르면 내 심장은 온몸으로 피를 흘려 보내기 시작한다.

이번 달 말, 스트라스부르에 오겠다고 했다. 항상 웃음을 잃지 않는 어머니와 이모님을 뵈러 온다고 했다. 사진도 찍을 생각인데 도시 동부지역에서 영감을 받았다고 했다. 독일계 유태인, 그 핏줄 탓인가.

하지만 무엇보다 나 때문에 스트라스부르에 오는 것이라고 했다. 카세트테이프에 담긴 모든 이야기와 그가 알게 된 '나' 때문에 온다고 했다. 할 말도 있고 더 들을 것도 있다고 했다. 이것이 라파엘이 말한 전부이다. 하지만 나는 그가 입 밖으로 꺼내지 않은 많은 것을 들을 수 있었다. 통화하는 동안 여러 번 침묵이 매듭처럼 우리 사이에 끼어들었지만.

끝에 그가 덧붙였다. 너무 낮은 소리여서 못 들으면 어쩌나 걱정이 들 정도였다.

"피에르, 거기 있어. 도망치지도, 사라지지도 말고. 거기 있어……."

쥬느비에브에게 뭐라고 말할까?

독일에 가지 않겠다고 말하는 수밖에.

2월 21일 월요일

다시 뛰기 시작했다. 보폭은 적당히 유지하고, 늑간통을 최대한 피해서, 호흡은 고르게, 시선은 정확하게 목표를 향하고.

2월 23일 수요일

공군 비행장에서 라파엘을 만났다. 비행장은 집에서 멀지 않은 곳에 있다. 가장 좋아하는 곳이지만 거의 가지 않는 곳이기도 했다. 우리가 꼬마였을 때, 에릭과 함께 이곳에서 곡예비행과 스카이다이빙 쇼를 보곤 했다.

라파엘의 전화를 받고 나서 나는 가만히 앉아 있을 수가 없었다. 정작 약속 시간이 다 되었을 때는 아랫배가 살살 아프기 시작했다. 온몸이 저절로 배배 꼬이고 오랫동안 변기통에 올라앉아 있어야 했다. 결국 제시간에 도착하기 위해서는 달려가야 했다. 폐기된 철길을 따라 오랫동안 달렸다. 트랑스 세레알 열차가 멈춰 있는 곳. 철길은 아스팔트 한가운데서 끝이 나 있었다.

멀리 그가 보였다. 오토바이 옆에 서서 한 눈을 감고 내가 달려오는 것을 주시하고 있었다. 그는 사진작가니까. 가방에서 사진기를 꺼냈다. 몇 미터 앞에 멈춰 섰을 때 연달아 셔터 누르는 소리를 들을 수 있었다. 나는 티셔츠에 달린 모자를 쓰고 있었다. 가는 빗줄기가 잿빛을 띠고 대기 중에 흩날리고 있었다. 사진보다는 달리기에 좋은 날이었다.

길가에 늘어선 나무들 위로 까마귀 떼가 흩어진다. 날개를 휘젓는 모습은 꼭 검은색 꽃송이 같다. 쥬느비에브가 떠오른다. 그녀가 좋아할 곳이다. 앨런 포의 시 〈까마귀〉 때문에라도. 얼마 전에 그녀가 들려준 다른 시도 떠오른다. "행복이 나와 나란히 걷고 있다······." 베를렌느의 시였을 것이다. 하지만 쥬느비에브 때문에 이 시를 떠올린 것은 아니다.

　우리는 거의 말을 하지 않았다. 내가 좋아하는 장소를 그에게 보여 주었다. 활주로 옆 작은 연못, 퇴색한 작은 통제탑, 황무지 건너편에 솟아 있는 버려진 공장 굴뚝. 나는 이 말을 좋아한다. '황무지'.

　우리는 오토바이를 타고 황량한 승강장을 달렸다. 녹슨 기차가 역으로 들어오는 것 같은 착각이 들었다. 녹슨 기차 앞에서 라파엘이 입을 열었다. 몇 달 전부터 공장, 문 닫은 공방, 폐쇄된 정수장을 찾아다니며 사진을 찍었다고 했다. 그런 공간은 뭔가 잡아끄는 데가 있는데 언제나 무엇인가 빠진 느낌이었다고 했다. 무엇이 부족한지 이제 알았다고 했다. 그것은 사람의 육체, 헐벗은 인간의 신체라고 했다. 산업시대의 잔해 가운데 자리 잡은 사람의 헐벗은 몸. 연약하지만 생생하게 살아 있는 사람의 몸. 녹슨 철골과 콘크리트 기둥이 마주 선 아름다움.

　아마도 내가 그런 몸일 것이라고 했다. 완벽한 외로움 속에 잠긴 육신. 나는 그렇게 하자고 했다. 나는 옷을 벗었다. 기관차를 기어오르고, 철제 난간에 기대고, 텅 빈 컨테이너 입구에 앉았다가 철길 위에 누웠다. 그가 무엇을 찍고자 하는지 물어볼 필요도 없었다. 우리 둘은 같은 생각을 하고 있었다. 나는 떨고 있었다. 내 몸을 쳐다볼 필요가 없었다. 지금 내 몸이 무엇이 되어 가고 있는지 잘 알고 있었다. 옆구리에 차가운 쇠기둥이 닿는 것을 느낀다. 내 여윈 다리에 녹슨 비늘처럼 일어난 열차의 살결이 닿는다. 내 육체에 닿는 그의 시선은 연민에 가득 차 있다. 나는 추위를 느끼지 못했다. 하지만 비가 다시 내리기 시작하자 라파엘이 말했다.

"그만 하자."

나는 젖은 옷을 주워 입었다. 젖은 농구화와 인간이 만든 가짜 털가죽을 몸에 걸쳤다. 그가 물었다.

"느낌이 어때?"

"물에 빠진 각설탕이요. 영혼까지 다 젖어 버린 것 같아. 이대로 녹아 버릴 것만 같아요."

진심으로 내가 녹아 없어지기를 바랐다. 그가 두터운 가죽 외투를 내게 둘러 주었다. 무겁고 따뜻했다. 거북의 등딱지를 보호구 삼아 덮은 것 같았다.

"언제부터 이랬던 거니?"

이랬다니? 뭐가? 무슨 말인지 알아듣지 못했다. 그는 무슨 말인가 하려 했지만 입 밖으로 꺼내지 못했다. 무슨 말이기에 그토록 하기 어려운 걸까?

"넌 아름다워, 피에르. 누구도 너의 영혼처럼 아름답지 않아. 하지만 너 이대로 계속한다면 죽게 될 거야."

커다란 쇳덩어리가 떨어져 가슴 속에 구멍이 파인 것 같았다.

'죽는다!'

그가 옳다, 그의 말이 맞다. 바로 그것이었다.

이제껏 내 머릿속을 가득 채운 것은.

목표에 닿게 될까? 지금은? 이제 내가 누구인지 알게 되었다. 내가 사랑하고 싶은 사람은? 왜 쥬느비에브는 내게 말해 주지 않았을까? 언제부터 우리 부모님은 내 참모습을 보려고 하지 않았던 것일까? 생각하면 내 두 눈이 찔리는 것 같다. 나는 오토바이를 향해 걸어갔다.

우리는 전속력으로 달렸다. 거리와 부두를 달렸다, 목적지도 없이. 그가 오토바이를 세웠을 때 나는 더 달리라고 했다. 이가 딱딱 부딪쳤다. 추웠다. 아니, 그보다 무서웠다. 독일 국경을 넘어서 멈춰 섰다. 허름한 식당이 있었다. 면세 담배, 스위스 초콜릿을 팔고 있었다. 진짜 역겨운 슈크루트를 먹었다. 먹어 본 음식 중에 가장 맛없는 음식이었다.

먼지가 잔뜩 낀 거울을 통해 라파엘의 옆모습이 눈에 들어왔다. 천사의 얼굴이었다. 우리는 맥주를 마셨다. 라파엘은 프랑스어, 독일어, 이디쉬어를 섞어 말하고 있었다. 나는 장난기가 발동했다. 야채를 집어 콧수염을 만들고 겨자를 코에 묻혔다. 그의 웃음소리가 울려 퍼지는 것을 들었다. 그의 따뜻한 웃음소리, 마법 같은 웃음소리.

밤이 되고 우리는 발길을 돌렸다. 라파엘은 집이 보이는 데쯤에서 나를 내려 주었다. 헤어질 시간이다. 그는 자신이 하고 있던 인디언 문양의 스카프를 내 목에 둘러 주었다.

그가 느껴졌다. 라파엘을 꼭 끌어안고 싶다는 말이 목구멍까지 올라왔지만 참았다. 나는 울고 있었다. 왜 우는지 나도 몰랐다. 앞으로 달라지겠다고 약속했다. 나는 이제 살고 싶다. 라파엘이 땅을 디디고 있으므로 내가 살아 있는 것도 가치 있는 일이다.

3월 4일 토요일

파리에서 편지가 왔다. 사진이 있었다. 큰 봉투에 꽉 차는 큰 사진이었다. 후드 티 아래로 내 얼굴이 있었다. 내 얼굴은 가면 같았다. 뜯어낼 수도 있을 것 같았다. 할로윈에나 쓸 법한 가면이었다. 내가 정말 이렇게 생겼던가. 눈은 쑥 꺼져 있었다. 쫓기는 듯한 눈빛, 땀에 젖어 층층이 늘어진 눈썹, 가문 날의 논바닥처럼 패고 갈라진 입술, 영원히 피어오르지 못할 어린 미소, 움푹

한 볼, 그 안에 죽음같이 시커먼 그림자, 생기 없이 툭 튀어나온 광대뼈, 축 쳐진 머리털, 주름진 이마에 들러붙은 고수머리.

이것이 나인가? 그렇겠지. 그렇다고 믿어야겠지.

토요일 아침 물리 시간에 자비에가 날더러 폭주족이라고 했다. 그때는 무슨 말인지 몰랐다. 상황을 파악하는 데 오래 걸리지 않았다. 수요일 저녁 자비에는 미리암네 집 앞에 있었던 것이다. 그리고 라파엘과 내가 오토바이를 타고 지나가는 것을 보았던 것이다. 헬멧을 쓰고 있었지만 내 회색 후드 티를 알아본 것이다. 달릴 때는 언제나 그 옷을 입었고 학교에 입고 가기도 했다. 그리고 라파엘이 내게 준 검은 스카프, 파리 다카르 랠리 참가자들이 할 것 같은 주름 진 스카프를 언제나 두르고 다녔으니 자비에에게는 가장 확실한 증거였던 것이다.

교실 전체가 내 이야기로 술렁거렸다. 커다란 오토바이, 탈출, 폭우 속의 질주. 내 이야기가 아이들에겐 시처럼 들렸던 것이다. 열 시, 쉬는 시간. 복도에 있는 애들은 벌써 나를 폭주족이라고 부르고 있었다. 내 이름은 이미 까맣게 잊은 듯이. 어떤 별명이든 의미를 띤다. 하지만 '폭주족'에는 아무 의미도 없다. 딴은 그러므로 더욱 내게 어울리는 별명이 되겠구나.

내 별명과 그 '시적인 이야기'가 교실 문턱을 넘어 학교 전체에 퍼졌고 쥬느비에브 귀에도 들어갔다.

"그랬구나. 방학 동안 오토바이를 타고 다녔니, 내가 독일에 있는 동안?"

뭔가 해명해야 할 처지에 놓였다. 점심시간에 우리는 카페 라고로 갔다. 맥주와 샌드위치를 시켰다. 처음으로 쥬느비에브에게 라파엘 이야기를 했다. 심장은 뛰고 있었다. 혹시라도 경솔하게 쥬느비에브와 약속을 깬 것으로 오해받을까 봐. 바이올린 수업 이야기, 음악원에서 라파엘의 피아노 연주를 몰래 엿듣던 이야기, 질주, 철길. 하지만 사진 이야기는 차마 꺼내지 못했다. 얼굴이 불덩이처럼 타오르는 것을 느꼈다. 오랫동안 내 이야기는 계속되었다. 쥬느비에브는 물을 한 모금 마시더니 쉽고 간단하게 판결을 내렸다.

"그렇구나, 라파엘은 파리에 사는 네 친구로구나."

나는 완전히 멍해졌다. 쥬느비에브를 바라보았다. 그녀는 눈을 내리깔고 찻잔을 바라보고 있었다.

"뮌헨에서 전화했어. 네 어머니는 네가 파리에서 온 그 친구랑 함께 있을 거라고 하시더구나."

난감한 일이다. 전화가 오다니. 삶은 나를 선택의 기로에 몰아넣었다. 이 더러운 카페 구석에서. 철없는 학생 군중 한가운데 내 생애의 당혹한 날들이 피어나고 있구나. 경찰이 카페 문을 열고 들어와 내 어깨에 손을 얹고 "여자 친구 부당 대우 죄"

를 뒤집어씌우거나 "애인의 의무를 위반한 죄로 당신을 체포합니다"라고 하더라도 나는 하나도 놀라지 않을 것이다.

쥬느비에브는 과자를 한 입 베어 물고 태연히 내게 물었다. 라파엘 천사장과 토비 이야기를 아느냐고, 당연히 나는 전혀 알지 못한다. 성경의 표지를 열어 본 적도 없으니까. 옛날이야기를 하듯 쥬느비에브는 이야기를 시작했다. 저절로 눈이 감겼다. 쥬느비에브는 이야기를 구성지게 잘한다. 그녀의 친구들은 쥬느비에브를 세헤라자데라고 부른다.

유대 지방의 황량한 광야가 눈앞에 선했다. 어린 토비는 여행길에서 강도를 만났다. 비틀거리는 그를 더러운 거지가 일으켜 주었다. 둘은 같이 길을 걸었다. 여행길은 갑자기 순조로워졌다. 위험한 길들도 평탄해졌다. 토비는 피로도 느끼지 못했다. 집에 도착했을 때 토비는 깜짝 놀랐다. 그를 마중 나온 모든 사람들이 거지를 향해 경배하는 것이었다. 토비가 몸을 돌려 거지를 쳐다보자 찬란한 날개를 펴고 천상의 빛을 뿜는 한 천사가 보였다. 대천사 라파엘이었다.

대충 정리하자면 위와 같다.

3월 16일 목요일

내가 준비하고 있는 나의 죽음. 죽음이 칠 년 전부터 나를 품에 안고 자장가를 부르고 있다. 언제부터인가 죽음의 길을 애써 준비할 필요가 없다. 나는 진짜 죽어 가고 있으니까. 지난날을 탐구할 필요도 없고, 거울을 쳐다볼 필요도 없다. 아무도 마주치지 않고 되는대로 내버려 두기만 하면 되는 것이다. 그러면 저절로 죽게 될 것이다.

잠잠히 세상 밖으로 빠져나가도록 내버려 두면 되는 것이다. 이제 진짜로 무덤에 가까이 가고 있다는 확신 때문에 잠은 무덤 같은 침묵과 공황이나 한가지였다. 다시 공허가 찾아왔다. 이제 평생 동안 이 공황을 치유하려 애쓰며 살아가게 될 것이다. 왜냐하면 나는 죽지 않을 테니까.

4월 4일 화요일

어제저녁 열 시 라파엘에게서 전화가 왔다. 내 연락을 기다리고 있었다고 했다. 나는 라파엘의 사진을 받고 나서 답장을 하지 않았다.

"너도 알겠지만, 네가 보지 못한 사진이 아주 많아. 전부 무척 아름답지. 대단한 작업이었다는 걸 나도 잘 알아. 그런데 전시를 해도 될지 모르겠어."

기술적으로 문제가 있나 싶어 라파엘에게 왜냐고 물었다. 라파엘이 대답했다.

"그게 그러니까, 그것을 결정할 수 있는 것은 너뿐이니까."

"뭘 결정한다는 거예요? 그 사진 전시하는 것을요? 하지만 라파엘의 사진이잖아요. 나는 그러니까……."

갑자기 낱말이 떠오르지 않았다. 어색했다. 모델? 주제? 피사체?

어떤 이름이 적합한지 알 수 없었지만 라파엘이 무슨 뜻으로 말하는지 이해가 되기 시작했다. 그러니까 라파엘로서는 내가 찍힌 사진을 전시해도 되는지 혼자 결정하기가 어려웠던 것이다.

"나도 모르겠어요. 당신이 나를 통해 할 수 있는 일을 하라고 나를 당신에게 보여 주었을 뿐이에요. 그 다음은……."

라파엘은 취재 때문에 다음 달 알제리에 가서 몇 주 동안 머물 것이라고 했다. 그전에 사진을 가지고 나를 보러 오겠다고 했다. 전시 여부를 그때 결정하라고 했다. 나는 토비와 대천사의 이야기를 들려주었다. 통화가 끝날 무렵 라파엘이 나를 토비라고 불렀다. 나는 웃었다.

드라이어 씨네 개 이름도 토비였다.

4월 24일 월요일

달력에 '기억의 날'이라고 적혀 있다. 만약 우리가 단 하나의 기억만을 가지고 있다면, 그리고 아무리 무서운 기억일지라도 일 년에 한 번만 기억하면 된다면 얼마나 좋을까.

요즘 나는 자동인형처럼 살고 있다. 아무 생각 없이 그때그때 닥치는 대로 살고 있다. 웃기는 일이지만 자동인형이 되어 갈수록 수학 성적은 점점 나아졌다. 자키 삼촌이 말하는 것처럼 어떤 경우에는 불행이 유익할 때도 있다.

그런데 자키 삼촌의 불행은 어떤 경우에 유익한 것일까? 우리 부모님의 불행은?

체중을 늘리려고 노력하고 있지만 너무 어렵다. 내 육신은 고갈되어 있고 고갈되고 있다. 저장을 모른다. 입으로 들어가는 모든 것을 소비해 버린다. 이제 달릴 필요도 없다. 이상한 작동 방식을 갖고 있다, 신체라는 기계는.

5월 5일 금요일

'그가 왔다!' 하고 내 마음이 외친다. 메아리도 숨어 버릴 만큼 크게 외친다. 그 말은 다른 말과 달리 단순한 문장이 아니다. '라파엘이 있다', '그가 왔다!'

다섯 시 십오 분이었다. 그는 우리 집과 주유소 사이를 배회하고 있었다. 학교에서 돌아오는 길이었다. '경우의 수', '확률', '가능성'이 머리를 가득 채우고 있었다. 에릭과 나의 운명이 뒤바뀔 가능성은 얼마였을까?

버스에서 내렸다. 미리암도 내렸다. 우리는 서로 인사를 나누고 헤어졌다. 미리암은 길 건너로 사라졌다. 나는 횡단보도 앞에 말뚝처럼 박혀 있었다. 길 건너에 누구와 많이 닮은 사람이…… 아랫배가 뒤틀렸다. 아마도 너무 허기진 탓이리라 생각했다. 아니면 위장에 암이라도 생긴 것이리라 생각했다. 나는 중얼거렸다.

'정말 라파엘이다.'

당장 그에게 달려갈 수는 없었다. 일단 길을 돌아서 정류장 그늘 아래에서 숨을 돌리려 했다. 하지만 그럴 기회가 없었다. 라파엘이 나를 향해 돌아섰다. 우리는 오랫동안 서로를 쳐다보기만 했다. 비가 내리기 시작했다. 라파엘의 얼굴에 아련한 미소가 떠올랐다. 피곤한 기색이 역력했다. 멀리서도 그의 검은 눈썹과 그늘진 눈, 그 어두운 그늘 아래에서 최면을 거는 듯한 맑은 눈동자를 알아볼 수 있었다. 나는 우리의 첫 만남, 음악원, 나를 꼭 붙들고 놓아주지 않았던 그의 시선을 생각했다.

라파엘은 붙박인 듯 서 있었다. 나를 기다리는 것이다. 가죽

점퍼를 입은 유령 같았다. 나는 길을 건넜다. 라파엘에게 다가가며 입을 열었다.

"깜짝 선물 고맙군요."

보통 나는 예기치 못한 일을 싫어했다. 순식간에 바보가 되어 버리니까. 차라리 근심거리를 얻는 편이 더 낫다. 하지만 오늘 생각하니 예기치 못한 일도 그리 나쁘지만은 않은 것 같다. 나는 그 순간에 침잠했다. 시간이야 흐르든 말든 상관하지 말자.

비가 더 세차게 내리기 시작했다. 변두리 옹색한 동네의 좁은 골목, 작은 집, 낮은 울타리 틈에서 라파엘은 더 커 보였다. 한 발만 크게 디디면 이 모든 것을 뛰어넘을 수 있을 것 같았다. 부츠 때문일까. 라파엘은 〈엄지 왕자〉에 나오는 거인 같았다.

오토바이는 우리 집 근처에 세워 놓았다. 내가 현관문을 열자 낯선 사람을 향해 바쿠가 으르렁대며 달려왔다. 라파엘의 덩치에 놀랐는지 주변을 빙빙 돌며 쿵쿵거리고만 있었다.

"좋은 징조예요."

라파엘이 쪼그려 앉아 바쿠의 머리를 쓰다듬고 귀밑을 긁어 주자, 바쿠는 경계심을 풀었다. 낯선 이의 발밑에 뒹굴며 개답지 않게 간드러지는 신음 소리를 냈다. 나는 가방을 풀었다. 라파엘이 뒤따라오며 말했다.

"산책을 하는 것이 어떨까? 시내를 한 바퀴 돌까? 이상한 충동이지. 오백 킬로미터를 빗속을 달려 고향에 왔는데 집에 들어가고 싶지가 않구나."

"부모님은 일곱 시 넘어서나 돌아오실 테니, 시내에 나가 보는 것도 나쁘지 않겠어요."

내 목소리는 꼭 겁에 질린 것 같았다.

라파엘은 다리에 음란한 짓을 하고 있는 바쿠를 달고 집 안으로 들어왔다. 우리는 부엌으로 갔다. 라파엘이 차를 한잔 청했다. 물이 끓는 동안, 내 목소리가 내 귀에 들렸다. 나는 차가 무섭다. 나는 설탕 없는 커피를 더 좋아한다. 아니면 설탕 많이 넣은 따뜻한 코코아나. 하지만 엄마가 좋아하는 티백은 싫다. 나는 주절대기를 멈추고 그를 보았다. 라파엘은 웃고 있었다. 그는 말없이 주변을 둘러보고 있었다.

"우리 어머니 주방과 많이 비슷하네? 안식일에 쓸 메노라가 없는 것만 빼고."

나는 엄마가 메노라에 불을 켜는 모습을 그려 보았다. 머리에 키파를 쓴 아버지가 기도문을 외우는 모습도. 웃음이 터졌다. 바쿠는 분위기가 화기애애해지자, 강아지처럼 앞발을 들고 설탕을 달라고 매달렸다. 나는 바쿠가 부끄러웠다.

우리는 집 안을 둘러보았다. 거실, 비 내리는 마당, 그리고 내 방. 라파엘은 내 방을 찬찬히 둘러보았다. 벽에 걸린 포스터, 에릭의 사진, 내 방 창으로 보이는 경치, 숲과 시내, 수양버들.

"내가 상상하던 그대로구나."

라파엘은 침대에 걸터앉아서 장화와 외투를 벗었다. 담뱃갑을 더듬어 찾았지만, 비에 흠뻑 젖어 있었다. 내 담배를 던져 주었다. 책상 위에 있던 성냥과 함께. 라파엘은 침대 머리 책꽂이에 있는 책들을 보았다. 많지는 않았지만 잘 정돈되어 있었다. 알렝에서 졸라까지 저자 순으로 가지런히 정렬되어 있었다. 라파엘이 《어린 왕자》를 꺼내 들었다.

"생텍쥐페리를 좋아하니?"

나는 아니라고 대답했다. 《어린 왕자》는 에릭이 선물로 받은 것이다. 당연히 나도 읽어 보았다. 예쁜 장미, 다정한 여우, 짧은 문장 아래 숨어 있는 위대한 생각들, 나는 그런 것들에 약간 거부감을 느낀다. 나는 거대한 문장이 좋다. 더 광대한 문학이 좋다. 산꼭대기에서 강풍이 머릿결을 파고드는 것 같은. 내 문학 교과서 표지의 그림, 카스파 다비드 프리드리히의 그림 같은 문학이 좋다. 나는 그 그림을 라파엘에게 보여 주었다. 라파엘이 말했다.

"그래, 그 역시 독일 낭만주의를 좋아했지."

라파엘의 몸이 점점 뒤로 기울고 있었다. 많이 피로할 것이다. 나는 어디에 있어야 할지 알 수 없었다. 의자에 앉을 수밖에 없었다. 라파엘은 곧 잠들 것만 같았다. 여기 내 책들과 교과서들 사이에서 나는 굳어 간다.

나는 열두 살 때로 돌아간 것 같다. 바보처럼 내 일기장을 꺼내서 쓴다.

삶을 사는 대신에 쓴다.

5월 7일 일요일

한 시간 전에 집에 돌아왔다. 나는 일기장을 다시 폈다…….

그는 한때 피에르 무롱이었다.

그는 일기를 쓰고, 라파엘은 그의 침대에서 잠들었다. 5월의 비 오는 오후 여섯 시였다. 음악이 흘렀고, 담배는 계속 연기를 뿜고 있었다. 그리고 내 심장은 뛰었다. 일곱 시쯤, 침대 아래에서 엎드려 꼬리를 천천히 흔들고 있던 바쿠가 일어났다. 엄마가 온 것이다. 우리는 아래층으로 내려갔다. 엄마는 난데없는 오토바이가 집 앞에 서 있는 것을 보고 무슨 일이 벌어진 줄 알았나 보다. 곧 환하게 웃었지만 그 모습은 허깨비 같았다. 막 바른 듯한 입술연지 냄새가 훅 끼쳤다.

"피에르가 댁의 얘기를 많이 했어요……. 이렇게 안 좋은 날씨에 오토바이를 타고 오셨군요."

엄마는 어떤 날씨에라도 똑같이 말씀하실 것이다. 라파엘은 상냥했다. 약간은 매혹적이기까지 했다. 의례적인 인사를 건넸다. 그리고 걱정을 섞어서, 영화를 예매했는데 상영 시간에 늦을 것 같지만 큰일은 아니라고 했다. 엄마는 우리를 놓아주었다. 나는 엄마보다 더 놀랐다.

나는 라파엘의 등 뒤에 올라탔다. 라파엘이 건넨 헬멧은 내 머리에 너무 컸다. 시내로 가는 길에 날이 저물었다. 비는 그쳤지만 바람이 불었다. 나는 꽁꽁 얼었다. 라파엘이 성당 앞에서 오토바이를 세웠다. 우리는 성모상을 다시 마주하고 섰다. 성모는 성당과 함께 우리를 축복하고 있었다.

당연히 우리는 영화관에 가지 않았다. 구텐베르크 광장 초입에 있는 술집 한구석에 자리를 잡았다. 그는 외투 속에서 두툼한 봉투를 꺼냈다. 침이 마르고 박동하는 심장이 갈비뼈에 부딪는 것 같았다. 아팠다.

사진이다. 나는 결국 보았고 알아보았다. 그날 작업한 것 중에 선별한 것들이라고 했다. 만약 전시회를 열 수 있게 된다면 훨씬 큰 판형이 될 것이라고 했다. 흑백의 광택 인화지가 좋겠는데 흑갈색으로 할 수도 있겠지만, 그렇게 하지 않는 이유는…….

나는 더 이상 듣고 있지 않았다. 대신 고철이 된 트랑스 세레

알 열차가 가꿔 낸 음산하고 숭고한 세상에 잠겨 들었다.

사진들은 수배 전단과 비슷했다. 움직이는 송장인 것 같기도 했다. 송장, 바로 나다. 무섭고 동시에 우스웠다.

녹슨 기차 위, 사진에서는, 인간의 가죽을 걸친 내 뼈들이 삐걱거리는 소리가 들렸다.

다음, 송장이 일어났다.

다음, 철길 위를 걸어가는 내 육체를 등 뒤에서 바라보는 시선.

다음, 죽음의 수용소를 탈출한 사람.

나는 사진을 통해 최근 나의 날들을 선연하게 보았다. 나를 강박하는 이미지, 아우슈비츠 비르켄나우.

녹슨 열차, 끊긴 철길.

갑자기 〈소아〉에 나온 트레블린카가 떠올랐다. 망치로 머리를 얻어맞은 듯 멍해져 고개를 들고 그를 바라보았다. 라파엘은 입술을 굳게 다물고 사진을 응시하고 있었다.

"이제 알겠니? 나는 몰랐던 거야. 오래전부터 내 안에 자리 잡고 있던 영상인데, 난 그것을 알아볼 수 없었던 거야. 네가 거기 있어야만 했던 거야. 바로 네가 이 버려진 기차를 내게 보여 주었지. 그리고 네 육체를…… 하지만 이건 내가 사진을 찍던 날 보았던 것과 다른 영상이야. 내가 찍은 사진과 다르단 말이지. 이해하겠니? 내 눈으로 볼 수 없어도 내 기억 속에 각인되어 있던 이미지라는 말."

그는 침묵했다. 한숨지으며 고개를 가로저었다. 나는 이해한다고 생각했다.

"네가, 피에르, 네가. 이 모든 것을 가능하게 한 거야."

"난…… 서정적인 인간이 아니야. 그런데 사진은 내 능력을 훨씬 뛰어넘었어. 널 본 순간부터…… 여기서 멀지 않지…… 쥐프 거리…… 음악원…… 마치 네가 누구인지 알아보았던 것 같거든. 이 따위로 말하다니 바보 같구나. 너무 감상적이야. 원래 난 훨씬 직선적이지. 맹세컨대 내 목적을 이루기 위해 감언이설을 지껄이는 게 아니야. 왜냐하면 난 인간에게 어떤 목적이 있다고 생각하지 않거든."

나는 이전에 한 번도 그를 본 적이 없는 것처럼 그를 바라보았다. 그리고 갑자기 알아 버렸다, 우리는 서로가 서로의 욕망의 완전한 형상이라는 것을.

비가 그쳤기에 우리는 산책을 했다. 그리고 얘기를 나누었다. 우리 발걸음은 레퓌블릭 광장으로 향했다. 저 앞의 호텔을 알고 있다. 여기서 뭘 할 수 있을까? 하고 속으로 자문해 보았다. 그리고 라파엘에게 물었다.

"들어 보렴. 난 여기 방을 하나 잡았어. 어머니께 가고 싶지가 않구나. 내일 아침 리용으로 떠나야겠어. 나도 잘 모르겠구나……."
　나 역시 알 수 없었다. 우리는 서로 말없이 바라보았다.
　내가 결정해야 한다고 느꼈다.
　내가 아니라고 하면 아무 일도 일어나지 않을 것이다.
　나는 결심했다.
　그리고 무슨 일이 일어났다.

정확히 기억나지도 않는 일에 대해서 시시콜콜 주절대고 싶지는 않다. 죽음에 마주 섰던 순간의 기억처럼 희미했다. 정확히 죽음을 마주한 순간과 같지만 말로 할 수는 없다.
　그 난폭한 움직임의 한가운데에서 처음으로 내가 살아 있다고 느꼈다. 팔 년 전부터 나는 싸움을 치르고 있었던 것이다. 홀로 모두에 대항하여.
　그 모두 안에는 나의 자아 또한 포함된다.
　그 사실을 깨닫고 나자 내 몸이 불쌍해서 엉엉 울었다.
　살아남은 나의 육체.
　라파엘은 그때 내 심정을 알지 못하고 오해했다. 나는 가슴 벅찬 감정에 취해 있었기에 그에게 설명할 겨를이 없었다. 유일하게 후회되는 일은 그의 오해를 풀어 주지 못했다는 것이다. 내일이면 그는 리용으로 떠난다. 그가 오늘 일을 후회할까 봐

두렵다.

    내가 그를 사랑하듯 그가 나를 사랑한다면 그도 이해할 것이다. 그는 두렵지 않을 것이다. 그러므로 나도 두렵지 않다.

5월 10일 수요일
잘 쓸 수가 없다. 공책을 무릎 위에 올려놓은 데다 손가락까지 얼어 있다. 나는 라인 강변의 폐기된 참호 속에 앉아 있다. 내가 좋아하는 공간이다. 때로 여기에서 달리곤 했다. 콧물이 흐르고 몸은 얼어붙지만 난 꼼짝 않겠다.

    오늘 학교에 가지 않았다. 사실 며칠 되었다. 지난 토요일부터 지금까지 나만의 방학이다. 나는 라인 강변이나 포르오페트롤 항구에서 시간을 보낸다.

    거대한 잿빛 철골 구조물들과 폐허의 아름다움이 가득한 곳이다. 강변의 건물들은 깨진 유리창으로 장식되어 있고 크레인과 찌그러진 드럼통, 고된 노동의 흔적이 새겨진 작은 배들이 있다.

    그곳에는 사람이 없다. 성당보다도 천배는 아름답고 천배는 더 진실하다.

    라인강은 고요히 기름진 잿빛 강물을 흘려보내고 강변의 얼룩진 기름 웅덩이에는 무지개가 떠 있다. 숨이 막히게 아름다운 모습이다. 나는 라파엘을 생각한다. 그는 지금 알제리에 있다. 나는 기다리는 것 말고 할 수 있는 것이 없다.

그와 함께 보낸 밤에 대해 나는 아무에게도 말하지 않았다. 한 달 뒤면 열여덟이 된다. 그런 추억은 나 홀로 간직하는 게 낫다.

매일 쥬느비에브에게서 전화가 온다. 자동응답기에 메시지를 남기고 있다. 나는 그녀가 메시지를 남기는 횟수만큼 지운다. 아직 그녀에게 진실을 말할 자신이 없다. 깨끗하게 정리하고 싶은 마음은 굴뚝 같지만…….

그녀는 내게 참 잘했다. 위선적이지도 않았다. 내가 그녀와 사랑할 수 없는 부류라는 사실을 나보다 먼저 눈치채지 못했다는 게 그녀의 유일한 잘못이다.

6월 3일 토요일

방을 정리했다. 벽에 붙은 포스터를 모두 떼어 냈다. 어울리지 않는 옷들도 모두 버렸다. 정해진 시간에 고기와 스파게티로 식사를 하고 수학 공부도 훈련하듯 열심히 한다. 물리도 역사도 열심히 외웠다. 시간 죽이는 일은 이제 그만두기로 결심했기 때문이다. 대학입학자격시험을 통과해야겠다.

학교로 돌아갔다. 나는 누구의 눈에도 띄지 않는다. 그렇게 생활하는 법을 알고 있으니까. 다음 주 시험 과제를 받았다. 필기시험에 떨어지면 철학 시험은 구술시험으로 치른다.

철학 선생님은 즐거운 표정이었다. 나는 처음으로 웃으면서 선생님의 눈을 똑바로 바라보았다. 나는 선생님께 담배 한 개비를 빌려 달라고 했다.

"어라? 다시 학교 다니겠다는 거야? 시험 문제 알려 달라고 온 거냐?"

카페 라고에서 쥬느비에브를 보았다.

"여기서 뭐 하는 거야. 너무 늦었잖아. 왜 전화 안 받았어? 철학 시험이 다음 주 목요일이야. 나 떨어지면 네 탓이야."

나는 다음 주 토요일에 만나자고 했다. 나는 쥬느비에브를 라인 강변에 버려진 참호로 데려가려 한다. 거기에서 모두 말해 줄 것이다. 그전에 나는 어른이 되어야 한다.

7월 1일 토요일

시험이 끝났다.

　모든 시험이, 아니 거의 모든 시험이 끝났다. 철학은 가장 기분 좋게 치뤘다. 나는 칸트와 '양심의 법정'이라는 주제로 논술했다. '신은 우리 모두의 마음속에 있으며……' 나는 신들린 듯 써 내려갔다. 수학은 문제없었다. 역사와 지리는 분명히 모험이다. 영어는 한층 위험하다. 하지만 무엇보다도 가장 어려운 시험이 하나 남았다. 쥬느비에브.

　우리의 마지막 만남은 라인 강변에서 이루어졌다. 그녀는 비난을 가득 담은 표정으로 나타났다. 미안하다는 말밖에 할 수 없었다. 어떻게 말을 하나?

　나는 분명하고 명백하게 말하고자 애썼다. 동시에 회피하고 있었다. 쥬느비에브는 차갑게 흐르는 강물을 응시하고 있었다. 바람이 우리 머릿결을 날렸다. 아직 나는 곱슬머리를 길게 기르고 있었다. 잠깐 사이에 그녀의 눈은 어두워졌다. 불만에 삐죽거리던 입술에도 슬픔이 앉았다. 그녀는 오랜 친구처럼 내 이야기를 들었다. 그녀가 나의 진실을 알게 되는 첫 사람인 것처럼, 그래서인지 나는 처음으로 그녀를 사랑하고 있다고 느꼈다.

　우정이란 이런 것이다. 공모와 나눔. 친구들과 나는 한 번도 그런 느낌을 나눠 본 적이 없다. 파브리스와도 당연히 자비에와도.

쥬느비에브는 독설을 뱉지 않았다. 그녀는 5월 첫 주에 우리 관계가 끝나 가고 있다는 것을 이미 알고 있었다고 했다. 그녀는 단지 견디고 있었던 것이다. 이해할 만한 일이다. 점점 새로운 사건이 일어날수록 집착이 더 강해졌다고 한다. 나는 이제 떠나겠다고 말했다. 자주 편지 하겠노라고 약속했다. 그녀에게 이야기하는 동안 나의 결심은 점점 분명히 그려졌다.

나는 들고 나간 영화관 여인의 보라색 스웨터를 쥬느비에브에게 주었다.

"앙고라네! 내가 얼마나 좋아하는데!"

"부드러워…… 너처럼."

"네 눈동자 색과 같네? 네 눈은 자수정 빛이야."

그렇다. 이 사연 많은 앙고라 스웨터는! 그리고 내 눈동자가 보석 빛이라는 사실을 아는 이는 오로지 한 소녀뿐이로구나.

나는 웃으며 쥬느비에브를 꼭 안아 주었다.

집으로 돌아오며 미장원에 들러 머리를 깎았다. 이제 솜털만 남았다. 두상과 두피를 들여다볼 수 있다는 것은 참 재밌는 일이다. 머리통은 뾰족하다. 눈은 형형하다. 눈썹이 머리보다 길다. 이제 아무도 나를 알아볼 수 없을 것이다.

그동안 체중도 좀 늘었다.

나는 오랫동안 미용실 거울을 들여다보았다. 이제 나는 나를 바라볼 수 있게 되었다. 더 이상 두렵지 않았다. 이제 더 이상 환영이 아니었다. 그것은 바로 나였다.

에릭과도

다른 사람과도

다른

나

대학입학자격시험을 통과했다. 발표가 있던 날, 라파엘에게 전화를 걸었다. 나는 아무 말도 하지 않고 그가 수화기를 내려놓을 때까지 잠자코 있었다. 다행히도 그가 나의 이름을 불렀다. 나는 안도했다. 지난밤에 알제리에서 돌아왔다고 한다. 그리고 이렇게 말했다.

"널 기다리고 있어."

가방을 열었다.

속옷 몇 벌, 몇 푼의 쌈짓돈, 그리고 내 소중한 물건들을 가방에 담았다. 에릭의 사진, 스미스의 음반, 유일하게 맞는 옷이 되어 버린 올해 엄마가 떠 준 스웨터를, 그리고 누구에게 주어야 할지 이제 알았으니까…… 내가 일기장이라고 부르는 이 공책도. 바쿠만은 남겨 두고.

식탁 위에 쪽지 한 장을 남기고 나는 지금 기차역으로 가고 있다.

나는 지금 달려가고 있다.

옮긴이의 말

1.
이 소설은 사춘기의 암울함을 견뎌 내는 한 소년의 일기이다.

일상의 세계에서 살아갈 수 없다는 것.
자신의 존재가 너무 가볍다는 것.
자신에게서 어떤 가치도 발견할 수 없다는 것.

사실은 이러한 감각들과 거기에서 비롯한 사유가 삶의 내용을 더해 가는 길일 것이다.

2.
주인공 피에르를 붙들고 있는 문제는 비단 사춘기에 반짝하고 마는 것은 아니다.

나이가 든다고 더 존재하는 것도 아니고, 더 무거운 존재감을 갖는 것도 아니고(체중이 늘어나는 것을 제외하고), 더 가치 있게 사는 것도 아니다. 다만 덮어 두고 돌아보지 않을 뿐이다.

3.
삶은 살아 있는 한 끝까지 문제를 던진다.

피에르는 이제 수많은 매듭 중에 하나를 풀어 낸 것이고, 앞으로 계속해서 그가 마주칠 매듭들을 풀어 나가게 될 것이다.

하지만, 피에르는 '무엇인가 익힐 수 있는 유일한 시기'에 문제를 회피하지 않는 태도를 익혔고, 그것은 피에르가 살면서 갖출 수 있는 가장 좋은 연장이 될 것이다.

p.s.
어디엔가 소년만큼 아프게 살고 있는 이들이 있다면, 이 소설은 그들을 외롭지 않게 할 것 같다.

2008년 10월 김동찬

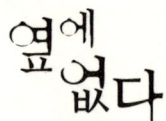

안느 페르생 글 ★ 김동찬 옮김

1판 1쇄 발행 2008년 10월 25일
1판 2쇄 발행 2009년 7월 10일

발행인 서경석 | 편집인 김민정 | 편집 이윤정

발행처 청어람주니어 | 출판등록 제313-2009-68호
서울시 마포구 성산동 254-10 202호
전화 02-323-8225, 6 | 전송 02-323-8227
junior@chungeoram.com

ISBN 978-89-93912-07-4 43860